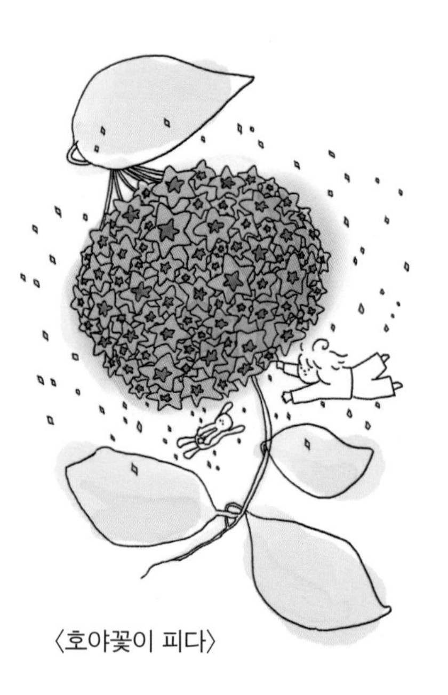

〈호야꽃이 피다〉

사탕과 버찌

소울앤북 산문집
사탕과 버찌

초판 1쇄 발행 | 2024년 12월 15일

지은이 | 한보경
그　림 | 조희정

편집인 | 이용헌
펴낸이 | 윤용철
펴낸곳 | 소울앤북
주　소 | 경기도 파주시 회동길 325-22, 3층
편집실 | 서울특별시 중구 을지로 14길 8, 618호
전　화 | 02-2265-2950
이메일 | poemnpoem@gmail.com
등　록 | 2014년 3월 7일 제4006-2014-000088

ISBN 979-11-91697-18-6 03810

사탕과 버찌

한보경 지음

소울앤북

| 차례 |

1부 | 시간이 기억하는, 기억의 얼굴

2부 | 기적은 기적처럼 오지 않는다

3부 | 길의 이름을 묻는다

4부 | 그리움이 나를 길들인다

5 부 | 사라진 것은 흔적이 없다

1부

시간이 기억하는, 기억의 얼굴

기억의 얼굴은 수수께끼 같아서

하나의 시간이 아닌 각자의 시간으로 기억해도 되지 않을까.

기억의 얼굴

내가 기억하는 기억이 분명하다고 자신 있게 말할 수 있는가. 기억은 자의적인 변형일 수 있고 실수와 착각이 만든 예기치 않은 왜곡의 결과일 수도 있지 않을까.

기억한다는 것은 기억의 전부를 기억하는 것인가. 기억하는 일부분의 기억에 기대어 기억나지 않는 기억마저 기억이라고 믿는 것은 아닌가. 그렇다면 그 기억을 끝까지 기억이라고 단정할 수 있는가. 기억이 충돌하는 지점에서 파편처럼 튕겨 나간 소소한 기억들마저 기억의 전부라고 고집할 수 있겠는가. 기억을 기억이라고 단정할 수 있거나, 없는 이유들은 무엇인가.

툭툭 끊어지지만 기꺼이 기억으로 받아들일 수 있는 기억이 낯설지 않거나, 조각과 조각으로 해체된 기억의 파편들을 얼기설기 모자이크한 후 가까스로 복원한 기억에서 낯익은 얼굴이 떠오른다면 기억이라 할 수 있겠는가. 고집스러운 표정으로 기억이 나를 기억하라고 몰아세울 때 어쩔 수 없이 나의 기억이라고 억지로 받아들일 수 있겠는가.

기억의 얼굴에 줄줄이 물음표가 달린다. 물음표를 달고 하나만 선택하라고 나를 채근한다. 세월을 지나온 것일수록 주렁주렁 다중의 물음표를 달고 진짜 얼굴을 제대로 찾아보라고 거세게 다그친다.

무엇보다 기억은 하나가 아닐 수도 있다는 것이 기억에 대한 나의 결론이다.

나는 누군가의 기억과 나의 기억이 서로 충돌하는 지점이 없어야 서로 반목하지 않는 하나의 기억이 될 수 있다고 생각한다. 그러니 기억의 얼굴에 달린 물음표를 떼지 않고 빈 공간으로 남겨둘 수밖에 없다. 빈 곳이 많아질수록 내가 기억하는 기억의 이목구비는 뭉개지거나 사라지고 말 것이다.

물음표가 너무 많이 달린 기억의 얼굴은 불화를 일으킨다. 불화의 시작은 하찮다 하더라도 그 끝이 하찮지 않을 것이다. 똑같은 시공에 대한 서로 다른 기억들이 서로 옳다고 극단을 달릴 때 기억과 기억은 가벼운 충돌이 아니라 피 터지는 사고를 일으킬 수 있을 것이다. 그런 기억들은 거의 폭압적인 독재자의 얼굴을 하고 있다.

심리학자 대니얼 카너먼이 말한 '경험하는 자아와 기억하는 자아'를 생각해본다. 대니얼 카너먼에 의하면 일상 속에서 삶에 대한 생각이나 판단을 좌우하는 것은 경험하는 자아가 아니라 기억하는 자아라는 것이다. 기억하는 자아가 우리의 삶을 지배하고 관리하면서 끊임없이 이야기를 만들어가는 경우가 많다는 것이다.

기억이 어떤 경험에 대해 좋게, 혹은 나쁘게 판단하는 기준은 그 경험의 시작과 마지막의 인상에 따라 결정된다. 예를 들어 어떤 경험의 시작이 평범하고 미미했으나 마지막이 감동적이고 즐겁게 마무리되었다면 기억하는 자아는 그 경험의 전체를 행복한 것으로 기억한다. 반대로 처음부터 줄곧 즐겁고 감동적인 경험이었더라도 마지막 부분이 불쾌하고 나쁘게 끝나면 행복했던 지난 모든 기억은 불편하고 나쁜 기억으로 남게 된다.

그렇다면 기억한다는 것은 기억이 내민 두 개의 선택사항 앞에서 선택한 하나를 위해 나머지 하나를 버리는 일일 수도 있지 않을까. 결국 기억한다는 것은 선택의 자유보다는 기억이 저지른 억지와 횡포를 묵인한 결과라고 생각한다.

몇 해 전 절친한 친구들이 함께 제법 긴 여정으로 여행을 다녀온 후 일행 중의 한 친구가 그간의 여행에 대한 기억이 모두 사라진 것 같다는 말을 자주 내비친다. 여행을 떠날 무렵 예기치 못한 개인적 사정이 생겨 여행을 함께 하기 힘들었던 친구다. 나머지 일행들 역시 소소한 문제들로 선뜻 긴 시간 집을 비울 형편이 못 되었었다. 그럼에도 오래전에 정한 약속이었고, 그동안 함께 한 여행들의 기억이 더할 나위 없이 즐거운 기억으로 남은 사이였기에 찜찜함을 털고 떠난 여행이었다. 나 또한 여행의 즐거움을 낯설고 감동적인 여정보다 여행의 기억을 함께 한 사람들에게서 더 많이 찾는 편이어서 걱정을 털고 모두를 믿고 떠난 여행이었다.

그런데 의외로 즐거운 일정 사이사이 해결하지 못하고 미루어 둔 개인적 문제들이 문제를 일으키거나 내색할 수 없는 불편한 상황들이 평소보다 잦았다. 그간 한 번도 경험하지 못했던 불편하고 서먹한 시간이었다. 제대로 마음을 풀지 못하고 어정쩡하게 여행을 끝내고 돌아왔다.

우리는 여행을 다녀온 후 이전보다 서로에게 소원해진 듯하다. 아직도 각자가 처한 힘든 상황들을 깨끗이 해결하지 못한 탓도 있겠지만 지난 여행의 끝자락이 이전의 좋은 기억들마저 싸잡아 불편하게 만들어 버린 것이 아닐까. 지난 25년의 소중한 기억들이 어쩌다 한 번의 미묘했던 경험만을 기억하는, 기억이 휘두르는 독재와 횡포에 묻히고 마는 것은 아닐까. 걱정스럽고 안타깝다. 그러나 기억이 휘두르는 독재와 횡포에 충분히 맞설 수 있을 만큼 지난 기억들이 쌓아둔 가늠할 수 없는 힘을 믿기에 우리가 만든 기억의 얼굴은 각각이지만 결국 하나가 될 수 있다고 생각한다.

기억이 하나의 얼굴을 갖기 위해서는 불편한 기억을 뜸 들이는 시간이 필요하다고 생각한다. 좋은 기억으로 그렇지 못한 기억들을 잘 싸매두고 기다리는 시간이 필요한 것이다. 각각의 기억들이 서로 스며들어 반목하지 않고 서로를 받아들일 수 있을 때까지 설익거나 타서 눌어붙지 않게 잘 뜸 들이는 시간을 기다려야 한다.

이런저런 기억들도 뜸 들기를 기다리는 동안 서로 부딪치고 뭉개지고 스며들어 잘 어우러질 것이다. 어느 순간 좋고 나쁨의 경계는 사라질 것이다. 옳고 그름의 분별이 사라지면 주장하고 고집하던 모난 얼굴들은 비로소 부드럽고 편안한 얼굴을 하게 될 것이다.

한 해가 또 저물어 간다. 새삼 잊어서는 안 되는 기억과 꼭 기억해야 하는 기억에 대해 생각한다.

'기억의 독재와 횡포'를 넘어서야 '결코 잊을 수 없는 기억'을 온전히 지킬 수 있다.

잘 삭아 뜸이 잘 든 기억들은 늘 그립고 언제나 보고 싶은 얼굴처럼 잊으려 해도 결코 잊히지 않는, 가장 아름다운 얼굴일 것이다.

마들렌과 홍차처럼

지독한 열 감기를 앓고 난 뒤 후각을 잃은 친구가 있다. 후각만 사라진 것이 아니라 기억도 조금씩 잃어가는 것 같다 한다. 어느 정도 적응이 되어가지만 지금보다 더 빠르게 남은 절반의 기억마저 잃을까 걱정을 한다.

냄새를 통해 과거의 기억을 꺼내는 '프루스트 효과'란 말이 있다. 2001년 필라델피아 허츠Herz 박사팀은 사진과 냄새를 동시에 보고 맡게 한 뒤, 나중에는 둘 중 하나만 선택한 후의 결과로 기억에 대한 실험을 했다. 실험에 참여했던 사람들은 사진만 볼 때보다 차라리 냄새만 맡았을 때 과거 일을 더 잘 기억해 냈다고 한다.

프루스트의『잃어버린 시간을 찾아서』에서 화자는 마들렌과 홍차 향기 속으로 빠져들면서 시간 여행을 시작한다. 감명 깊게 보았던 영화 〈마담 프루스트의 비밀정원〉은 프루스트에 기댄 바가 큰 영화다. 영화에서 프루스트 부인은 주인공 마르셀의 상처 받은 기억을 끌어내기 위해 마들렌과 차를 이용한다. 마르셀은 마들렌과 차의 향기가 이끄는 잠재의식 속으로 들어가 드러내지 못하고 묻어둔 상처 난 기억을 끄집어낸다. 마들렌과 차는 무의식 아래 갈아앉은 아득한 기억을 길어 올리는 마중물 같다.

영화는 좋은 기억으로 나쁜 기억을 치유하고 극복하는 과정을 보여준다. '기억은 일종의 약국이나 실험실과 유사하다. 아무렇게나 내민 손에 어떤 때는 진정제가, 때론 독약이 잡히기도 한다' 영화의 도입부에 뜬 자막이다. 프루스트에게 빌려 온, 영화를 관통하는 키워드가 되는 문장이다. 기억이 후각을 타고 무의식의 바깥으로 나온다면 후각을 상실하는 순간 기억하는 힘을 잃을 수도 있겠다. 기억하는 일은 잠재된 기억을 밖으로 나오게 해주는 중간자인 촉매가 필요하고 후각은 기억을 기억 밖으로 꺼내어 숨을 쉬게 하는데 촉매가 되는 감각이 아닐까 한다. 냄새는 기억을 불러오고 그 기억과 연결된 어떤 감정까지 불러올 때가 많은 것이다.

후각이 발달한 개들도 좋아하고 싫어하는 사람을 냄새로 기억한다고 한다. 동물들은 후각으로 좋은 기억과 나쁜 기억을 구분한다는 것이다. 사람의 기억 역시 보고 듣는 것보다 코끝을 자극하는 후각을 타고 더 분명해질 때가 많다.

후각 속에는 기억을 이끄는 힘의 유전자가 각인되어 있는 것일까. 어릴 적 어머니가 만들어주던 음식의 냄새 속에는 어머니를 떠오르게 하는 기억들이 섞여 있다. 어머니의 음식 냄새가 그리운 기억으로 연결되는 순간 그냥 마음이 편안해지는 것처럼 좋은 기억을 불러오는 냄새는 우리를 행복하게 해준다.

고질적인 편두통 때문에 뇌 사진을 찍었다. 흐릿해진 기억처럼 나의 두뇌 사진은 경계가 또렷하지 못하고 모호했다. 결정적인 큰 문제는 아니라지만 뇌실 주변부가 선명하지는 않아 찜찜했다. 어정쩡한 경계를 가진 나의 뇌 사진을 보니 장기적인 스트레스가 기억력과 후각을 떨어뜨리고 뇌세포의 파괴도 촉진한다는 실험결과가 떠오른다. 얼키설키 얽힌 나의 기억도는 작은 지옥도 같다.

스트레스의 바닥을 파면 기억하지 못하는 이런저런 기억들이 우글우글 엉겨 붙어 잘 풀리지 않을 것 같다. 실험용 생쥐를 장기간 좁은 곳에 가둬놓고 스트레스를 주니 기억력은 평소의 4분의 1 수준, 후각은 절반 이하 수준으로 떨어졌다고 한다. 이는 치매 환자들의 후각이 빠르게 감소하는 임상적 결과와 일치한다고 한다. 그나마 나의 오감 중에 후각이 가장 예민하게 남은 것이 불편할 때가 많았는데 다행으로 여겨야겠다. 스트레스가 짓이긴 불분명하게 엉긴 기억들을 잘 풀어내기 위해 마들렌과 홍차 같은 향기 나는 궁리가 필요할지 모르겠다.

올여름은 기상이변이 잦아 사람도 자연도 유난히 힘들게 보냈다. 기후 문제가 점점 심상치 않다. 여름의 습기와 더위는 앞으로 적지 않은 스트레스가 될 것이다. 내가 수박 향기를 좋아하지 않는 이유가 어쩌면 여름의 습기와 열기에 대한 무의식적인 기억 때문일 수도 있겠다.

나의 무의식 아래 켜켜이 쌓인 끈적이고 답답한 기억들과 끈적끈적한 습기를 담은 여름은 서로 닮았다. 보이지 않고 들리지 않는 까마득한 무의식 아래 끈끈하게 얽힌 기억에 작은 창을 내어 시원한 가을바람 불어넣고 싶다. 끈끈하게 엉긴 기억들은 뽀송뽀송하게 잘 말라갈 것이다.

처서가 낼모레이다. 처서는 보이지 않고 만져지지도 않고 들리지도 않는다. 처서 무렵에는 나만이 맡을 수 있는 처서의 냄새가 있다. 설명하기 힘든 처서의 향기 속에는 살짝 설렘이 한 스푼 정도 들어있다. 코끝을 스치고 지나는 바람에 묻어 달큰한 예감처럼 다가온다.

그래서 처서 무렵 부는 바람 속에는 그래도 열심히 살아야겠다는 근거 없는 힘이 함께 있다. 마들렌과 홍차 향기를 마시듯 처서의 바람을 한껏 들이마시고 싶다. 바람의 향기가 시든 마음을 일으키는 신비한 묘약이 되어주리라.

아직 한낮의 뙤약볕은 뜨겁다. 끝물 여름의 잔해들이 남은 숨을 끌어모으고 있다. 뙤약볕에 삭을 대로 삭은 끈이 풀린 운동화를 끌며 절룩이는 걸음으로 여름이 가고 있다. 잠깐 뒤돌아보는 끝물 여름의 풀어진 눈빛이 한결 순하다.

가을은 한 잔의 홍차와 마들렌을 준비하는 계절이다.

퀵서비스맨

열린 창문으로 퀵서비스맨의 오토바이 소리가 바쁘게 들락거린다. 경각을 다투는 소리들은 분주하다 못해 위태롭다.

무엇이든 빨리빨리 서두르는 세상이다. 퀵서비스맨은 어느 한 분야에서만 필요한 존재가 아닌 듯하다. 내 아이의 성공적인 성장을 위해 아이들을 분주하게 여기저기로 실어 나르는 요즘 주부들도 촌각을 다투는 퀵서비스맨들이나 다름없다.

아이를 위해 유능한 퀵서비스맨이 되어 달리던 때가 있었다. 그때 나는 한 발 빠른 정확한 정보, 최고의 주행속도, 최장의 주파 기록을 보유한 퀵서비스맨이 되고 싶었다. 그런데 잘 따라오리라 생각했던 아이가 초고속 성장 앞에서 자꾸 머뭇거렸다. 겉으로는 아이를 위한답시고 밤낮으로 열심히 퀵서비스 업무를 힘든 줄도 모르고 더 밀어붙이듯 강도를 높였다. 내심 아이가 누구보다도 먼저 피어나 타인의 이목을 집중시키는 화려한 봄꽃의 대열에 들기를 바랐던 건지 모른다. 인정하고 싶지 않지만 나는 고객을 배려하지 못한 어설픈 퀵서비스맨이었다.

주택가나 아파트 단지에서 가장 일찍 보게 되는 봄꽃 중 하나가 벚꽃이다. 한꺼번에 팝콘을 터뜨리듯 순식간에 피어나는 벚꽃은 발 빠르게 봄을 배달하는 일등의 퀵서비스맨이다. 그러나 엷은 하룻밤의 꽃샘바람에도 안타까이 우르르 지고 마는 연약한 꽃이기도 하다. 이른 봄에 일찍 피는 화사한 꽃들은 벚꽃처럼 잎보다 서둘러 피어서 이내 지고 마는 단명한 것이 대부분이다.

실한 열매는 오히려 천천히 피는 꽃들에게서 본다. 대추꽃은 음력 7월에나 꽃이 피지만 꽃 하나하나에 열매 하나하나가 열려 헛꽃이 하나도 없다고 한다. 감꽃의 경우도 늦게 꽃이 피어서 여름의 더위와 거센 폭풍우를 거뜬히 견디고 비로소 아름답고 실한 열매를 단다고 한다. 늦게 피어나는 꽃의 저력이 대단하다.

감나무와 고욤나무에 관한 재미있는 이야기를 들은 적이 있다. 고욤나무에서 감나무 싹이 트고 감이 열릴 수 있다고 한다. 고욤나무와 감나무에 대하여 떠도는 속설이긴 하지만 고욤나무에서 감나무꽃이 피고 감나무 열매가 열리는 셈이다. 고욤 열매는 언뜻 보면 감과 비슷하나 볼품없이 작고 빛깔도 거무스레하여 감과는 비교가 되지 못한다. 그런데 좀 더 기다리는 시간과 공을 들이면 고욤나무에서 볼품없는 고욤을 얻는 대신 맛있는 감을 얻을 수 있다는 것이다.

고욤나무가 3~5년쯤 자랐을 때 기존의 감나무에서 잘라온 가지로 접을 붙이면 다음 해가 되어 고욤 열매 대신 다디단 감을 얻을 수 있다는 것이다. 고욤나무에서 감이 열리기까지의 과정을 들여다보면 감나무에서 바로 감이 열리는 것보다 좀 더 긴 기다림이 필요할 뿐이다. 원하는 열매를 얻을 수 있다는 믿음과 믿고 기다릴 줄 아는 뚝심이 좋은 거름이 된 것이다.

고욤나무는 퀵서비스맨처럼 발 빠르게 감을 배달하지 못하는 나무지만 인내의 깊은 맛이 얼마나 달달한지 알고 있는 신통방통한 나무가 아닐까. 고욤나무에서 감이 열리는 과정이 어설픈 퀵서비스맨이었던 내게 무엇이 더 중요한 것인지 새삼 돌아보게 한다.

목숨을 내걸고 빠르기에만 승부를 걸었던 위험한 퀵서비스맨에게 갑작스런 사고 같은 참담한 시간이 찾아왔다. 지나고 생각해 보니 아마도 아이는 천천히 물관을 키우고, 줄기를 굵게 뻗은 후에, 하나씩 푸른 잎을 틔우고, 그리고 서서히 한 잎 한 잎 꽃잎을 열려고 했을 것이다. 늦은 결정이었지만 그 머뭇거림을 있는 그대로 받아들이기로 했다. 그리고 천천히 나의 퀵서비스 업무를 접었다.

퀵서비스맨이 일으킨 이런저런 사고의 후유증은 여전히 희미하게 남았지만 에둘러 가는 길에서 만난 또 다른 희망이 있어서 언젠가 새로운 힘이 되어 주리라 믿는다. 천천히 피는 꽃과 열매를 기다리는 동안 조급함이 할퀸 상처도 더는 덧나지 않고 서서히 아물어 갈 것이다.

에둘러 가는 길에도 꽃을 만날 수 있다. 잘 여문 열매도 얻는다. 빠르면 빠른 대로 늦으면 늦은 대로 꽃이 피어나고 열매가 맺기까지 무심히 기다리다 불현듯 맛볼 달달한 시간을 생각해 본다. 기다리는 시간은 힘들겠지만 어리석은 살을 도려내고 새살을 접붙이는 아픔을 견디는 동안 다디단 열매를 얻으리라 믿는다.

오늘도 퀵서비스맨들은 시간을 다투어 달리고 있을 것이다. 그들의 초스피드 덕분에 많은 사람들은 빠르고 쉽게 시간과 공간을 얻는다. 그러면서 빨리 얻은 것이 많아서 행복하다고 더 빠른 퀵서비스맨을 기다린다.

어느새 퀵서비스맨이 되어 제 아이를 실어 나르는 딸을

보며 생각이 많아진다. 에둘러오는 것들, 느리고 천천히 다가오는 것들이 가진 무서운 저력을 모르고 살아가지 않기를 바란다.

책 읽는 시간

아직도 짧은 점심시간 동안 학교 도서관에서 세계문학전집을 먼저 대출하느라 조바심 내던 시절이 그리울 때가 있다. 책장을 넘길 때마다 종이책이 품은 은은한 책의 향기가 참 좋았다.

두꺼운 책 앞에서 점심시간은 너무 짧았다. 감질나던 그 시간은 늘 아쉬워 토요일이 되면 학교 근처 도서 대여점에서 마저 읽지 못한 책을 빌려 읽기도 했다. 누군가의 손때가 묻어 날긋날긋 해진 책들이 꽂힌 책장에서 한 권의 책만을 골라야 하는 일은 짜릿한 즐거움이지만 괴로움이기도 했다.

우리나라 사람 열 명 중 네 명이 일 년에 책을 한 권도 읽지 읽지 않는다는 통계자료가 있다. 그런데도 우리는 오랫동안 노벨문학상 작가의 탄생을 기다렸다.

마침내 올해 소설가 한강이 노벨문학상을 받았다. 기다린 만큼 기쁨이 크다. 그는 일찍이 『채식주의자』로 세계적인 권위를 자랑하는 맨부커 인터내셔널 상을 받은 적이 있다. 한동안 『채식주의자』는 폭발적인 반응을 불러일으켰다.

국민적 염원인 노벨문학상이 가져온 후폭풍 또한 엄청나게 거세다. 다시 서점가는 한강의 물결로 도도할 것이고 책을 찾는 이들은 오로지 한강만을 외칠지 모른다.

반가워해야 할 반응 앞에서 오히려 우리 국민의 독서 쏠림 현상을 걱정하는 사람들이 많다. 책을 잘 읽지 않는 것도 문제이지만 읽을 책을 선택하는 데 있어서도 그 기준이 다분히 충동적이고 즉흥적이라는 것 또한 문제점이라 생각하기 때문이다.

어쨌든 대한민국의 소설이 드디어 노벨상을 받았다는 것은 눈물 나게 기쁜 소식이고 한국문학의 미래에 희망적인 소식이다. 다만 이런 경사 앞에서 책 읽기의 고질적인 문제점도 한번 짚어보고 갈 수 있기를 바란다.

오랫동안 지속하다 잠시 쉬었던 독서 모임을 일 년 전부터 다시 시작했다. 함께 하는 책 읽기는 즐거움이 배가된다. 예기치 않았던 책을 만나는 기쁨은 또 다른 덤이다. 나 역시 다독을 하는 편은 아니지만 갑자기 주목을 받기 시작한 책이거나 벼르고 별러서라도 꼭 읽어야 한다는 필독의 책보다 어쩌다 우연히 읽게 된 책에서 더 깊은 감동을 받을 때가 많다. 벼르고 별러 읽은 책보다 생각지 못한 감동이 더

클 때가 많다.

독회를 하며 책이 주는 기쁨이 얼마나 큰지 새록새록 느낀다. 내 몫이 아닌 뜻밖의 행운을 만난 것 같은 설렘과 즐거움과 행복감이다. 새로 발간된 책이거나 여러 이유로 읽지 못했던 책들, 감히 완독을 꿈꾸기 버거운 책들을 호기심과 도전으로 선택하고 읽을 때도 있다. 그러나 나는 예전에 읽었던 책을 다시 읽는 것을 더 좋아한다. 다시 읽는 책들에서 처음에 지나치고 놓친 것들을 새롭게 발견한다. 보다 강한 감동이고 또 다른 새로움이다. 책 읽기는 책을 통해 닫혀 있던 나의 정신이 한 뼘씩 열리는 시간이다.

읽고 싶은 책들은 무진장하다. 그러나 읽을 수 있는 책들은 유한하다. 어떤 이유로든 미처 읽지 못한 책들 또한 내가 이 세상에 두고 가는 많은 것 중의 하나라고 생각하기로 한다. 아쉬워 욕심내기보다는 자연스럽게 놓고 가는 홀가분함으로 받아들일 일이다.

빌 게이츠는 '오늘의 나를 있게 한 것은 우리 마을 도서관이다'라고 했다. 가정 문고 운동이 활성화된 일본의 경우 작은 도서관을 50년 동안 이어가는 경우도 있다 하는데 우리나라는 시작했다가 1년도 되지 않아 포기하는 경우가 더 많다니 정말 안타깝다.

점점 책을 멀리하게 되는 이유는 책과 우리 사이의 물리적 거리보다는 심리적 거리가 더 멀기 때문이라 생각한다. 그렇다 해도 가까운 곳에 늘 책이 있다면 책 읽기 자체가 부담스럽지는 않아 심리적 거리감이 조금은 좁혀지지 않을까 생각한다. 어떤 형태라도 우리 주변에 책을 읽을 수 있는 공간이 많아지기를 바라는 이유다.

책이 있는 호젓한 공간을 마련하여 혼자서도 읽고 함께도 읽고 독회를 통해 서로의 생각도 나눌 수 있기를 바란 적이 있다. 많은 지인들이 지지하며 힘을 보태겠노라는 약속도 했다. 그런 격려가 힘이 되어 지난봄에 작은 공간을 마련했다. 다소 먼 거리라 걱정이 되었지만 물리적 거리를 뛰어넘어 책을 만나러 오는 누군가를 기다리는 일은 뜻하지 않은 즐거움을 덤으로 얻은 듯하다.

작은 공간의 벽을 채운 책들을 바라본다. 벽에 가지런히 꽂힌 채 무추룸히 시간을 보내는 책들이 헐렁헐렁한 눈빛으로 나를 본다. 역시 물리적 거리감이 책과 우리 사이에 꽤 장애가 되는 이유라고 스스로를 위로하지만 아직도 우리에게 책은 일상의 뒷전에 있는 것 같아 씁쓸한 것도 사실이다.

두껍고 고급스런 양장의 옷을 잘 차려입고 가지런히 늘

어선 세계문학전집이 처음 생겼을 때의 기쁨을 아직도 잊지 못한다. 그러나 중학교 입학 기념으로 부모님께서 사주신 민음사 세계문학전집은 고스란히 호사스러운 애장품이 되어 버렸다. 대여해서라도 읽던 책들을 편안하고 마음대로 집에서 읽을 수 있게 되니 오히려 책과의 거리가 더 멀어졌던 경험을 생각해 보면 책과의 물리적인 거리는 큰 문제가 아닐 수도 있다.

어떤 일이든 간절함이 있어야 이루어진다. 온전히 내 것이 된 것들도 간절함을 잃는 순간 내 것이 아닌 것이다. 책을 모으기만 하고 읽지 않는 사람은 마약과 도박에 빠진 사람보다 더 위험하다는 경구를 한 번 더 생각해 본다.

책은 소중한 인연이다. 끊임없이 변화하고 새로워질 수 있는 길로 갈 수 있는 길잡이다. 책 읽기는 계획했던 것을 반드시 실행해야 한다는 강요가 아닌, 일상의 일과 속에 자연스레 녹아들어야 하는 것이다. 책 읽는 시간이 점점 작정하고 마음을 내어야 할 수 있는 특별한 일과가 되어가는 현실은 정말 안타깝다.

마지막 소원을 묻는 사형집행인에게 안중근 의사는 일초의 망설임도 없이 "5분만 시간을 주십시오, 책을 다 못 읽었습니다."라고 했다. 그리고 5분 후 사형은 집행되었다.

하루하루

모처럼 가족여행을 다녀왔다. 여정의 순간순간 또한 일상과 크게 다르지 않아 소소한 갈등으로 마음을 상한 적이 있었지만 즐겁고 새로운 체험을 함께하는 동안 그간의 소원함을 끈끈한 정으로 채운 무난한 시간들이었다. 여정의 하루하루를 행복지수로 표하면 그럭저럭 낙제점은 면할 것 같다.

어떤 경험이든 마무리할 때면 늘 이스라엘 학자인 다니엘 카네만이 말한 경험하는 자아experiencing self와 기억하는 자아remembering self를 떠올려본다. 경험하는 자아는 순간순간을 경험하는 자아이고 기억하는 자아는 시간이 흐른 뒤 지난 경험들을 돌이켜 보며 의미를 찾고 평가하는 자아다. 이 두 자아는 일치하지 않을 때가 많다. 많은 경우 기억하는 자아가 사람의 인식과 행동에 더 큰 영향을 미친다고 한다. 경험의 순간순간을 인식하는 자아는 시간이 지난 후 지나간 시간을 기억하는 자아에 의해 왜곡되기 쉽다는 것이다. 둘 다 '나 자신'임에 틀림없지만 어느 것이 '나의 것'에 더 가까울지 판단하기는 쉽지 않다.

지난 삶의 대부분을 고통과 불안의 순간순간들을 견디고 나면 반드시 행복이 올 거라고 믿으며 살았다. 오늘의 어려움과 갈등은 내일의 행복을 가져오는 불쏘시개가 된다고 생각했다. 그래서 달달한 열매를 얻기 위해 당장의 뜨거운 뙤약볕을 피해 그늘로 숨어들지 않으려 애썼다. 고통스럽더라도 뜨거움을 견디며 스스로 담금질하기를 택했다. 뜨거운 사막을 건너기 위해서 잠시 오아시스를 발견하고 쉬어가는 일이 뜨거움을 고스란히 견디는 일보다 더 합리적이고 지혜로운 여정일 수 있다는 걸 생각하지 못했다. 오로지 그늘은 외면해야 할 어둠이고 나태와 실패의 함정이라 여겼다.

지난 하루하루가 즐겁고 행복한 기억보다는 불안하고 두렵던 기억이 더 많다. 누군가 기쁜 소식과 우울한 소식 중에서 무엇을 먼저 듣고 싶은가 물을 때 여전히 나는 먼저 매를 맞는 것이 홀가분하리라는 생각으로 어둡고 힘든 쪽을 먼저 듣기를 선택하는 편이다. 기억하는 나의 자아가 기억의 독선을 강요한 탓이다.

다행한 것인지 가끔 행복하고 기쁜 소식을 먼저 듣는 것이 그 후의 불행과 고통을 이겨내는 힘이 될 수도 있다는 생각이 들기 시작했다. 하루하루를 행복하고 기쁘게 기억해야 만족의 총량이 커진다는 생각이다. 내일 행복하기 위해서, 내년에 행복하기 위해서 지금 현재의 기쁨이나 행복을 희생시키는 어리석음을 경계할 줄 알게 되었다.

그래도 여전히 현재를 놓치고 우연히 작용하는 미래에 터무니없이 마음을 뺏기거나 불필요한 걱정을 자주 한다. 아직도 불확실한 내일의 행운을 얻기 위해 확실한 오늘의 소중한 가치를 대수롭게 여기는 멍청한 부분이 많다. 지금 누릴 수 있는 행복을 내일의 더 큰 행복으로 키우기 위해 안간힘을 쓰며 참아낸다. 온전히 현재의 내 것을 소중히 품는 일에 서툴다. 그래서 자주 몸과 마음이 지치곤 한다.

이것저것 따져보고 분석한 후에 살 만한 삶인가 아닌가를 결정하던 내가 진실로 행복할 수 있는 '지금'과 '여기'를 끝까지 놓치지 않으려고 노력하고 있다. 삶의 가장 큰 손실은 뒤로 미루는 일과 망연히 기다리는 일이라는 금언을 깊이 되새긴다.

또 하루가 지나가고 있다. 아직은 거기서 거기인 듯 나와 나의 하루하루는 비슷한 모습을 하고 있다. 하루는 나에게 인사조차 나눌 새 없이 지나가고 지나간다. 세수도 하지 못한 초췌하고 퀭한 얼굴을 한 하루가 성급히 서둘며 달려가는 곳은 어디일까. 모르면서 달리기를 멈추지 않는다.

이제는 그런 나의 하루하루를 제대로 지켜보고 싶다. 아침이면 잠에서 깨어난 하루의 말간 눈빛을 마주 볼 일이다. 종일 내 옆을 지킨 지난 하루의 손가락과 발가락의 힘든 부기를 잘 쓰다듬어 줄 것이다. 흘러내린 하루의 젖은 머리카락을 쓸어 넘겨주고 숨어있던 깨끗하고 반듯한 이마를 발견할 때도있으리라. 가끔 지칠 대로 지친 나른한 어깨와 구겨진 표정의 하루에게 먼저 인사를 건네리라. 무진장 남아있지 않을 나의 하루하루, 이름을 붙여 하나하나 다정하게 불러볼 것이다.

지난 여행의 하루하루를 가만히 불러본다. 그 속에 숨은 제각각의 표정과 감정은 식지 않고 그대로다. 식지 않고 남은 기억들은 여전히 따끈따끈한 온기가 있다. 내일은 좀 더 뜨거워져야겠다.

지는 해를 바라보는 시간

새해 해맞이 행사는 뜻깊고 특별하다. 떠오르는 해가 가진 벅찬 에너지는 어떤 어려움에도 굴하지 말라는 메시지 같다. 새로운 해를 바라보며 열심히 살아갈 힘과 용기를 얻고 내일이라는 희망을 품는다.

나는 해넘이 무렵의 지는 해를 바라보는 시간이 더 좋다. 어느 해 12월의 마지막 날 몰운대에서 지켜보았던 해넘이 풍경을 잊기 힘들다. 해넘이 시간을 맞추느라 서둘러 달음박질을 했지만 미처 해넘이를 제대로 바라볼 명당 자리까지는 가지 못했다. 그새 잡을 틈도 없이 바닷속으로 미끄러지듯 사라지는 해를 바라보는 마음이 안타까웠지만 더 각별한 기억으로 남았다.

지는 해는 야멸차고 단호하다. 그러나 그 뒤끝은 너무 뜨겁고 장렬해서 말할 수 없이 감동적이고 아름답다.

뜨는 해는 희고 또 희다. 함부로 시선을 맞추는 것을 결코 허락지 않는 눈부신 '흰'이다. 그것은 무소불위의 눈부심이다. 넘볼 수 없는 환희 그 자체다.

지는 해는 붉음이다. 그냥 붉음이 아니라 뜨겁고 강인한 힘을 내면으로 삼켜 잘 삭인 적요의 빛깔이다. 그 빛은 붉지만 튀지 않고 주위에 잘 스며들어 세상 어떤 빛깔과도 잘 어울린다. 강렬함이지만 드러냄이 아니라 은은하게 스며듦이고 막무가내의 주장이 아니라 잘 어울림이다.

뜨는 해는 세상을 찢고 깨뜨리며 솟구치듯 솟아오른다. 뜨는 해 앞에서 이전의 세상은 헌 누더기가 되어버린다. 뜨는 해가 쏜 눈빛에 맞으면 아무리 강한 바윗덩이라도 산산이 조각나 가루가 될 것 같다.

뜨는 해 앞에서 세상은 새로운 살과 뼈를 서로 받아내기 위해 주저 없이 조아리고 엎드린다. 그래서 뜨는 해는 의기양양하다. 언젠가 지는 해가 된다는 걸 생각하지 않는다. 까마득한 아래를 한 번도 내려다본 적이 없는 것 같다. 오를 수 있는 끝까지 위를 향해 올려다보라고만 한다.

지는 해는 뜨는 해였던 시간을 잊지 않고 오래도록 기억한다. 뜨는 해의 찬란한 착란마저 지지한다. 지지하고 인정할 줄 알기에 초연하다.

뜨는 해는 바다와 산과 땅을 배경으로 거느린다. 그러나 해넘이 후의 세상은 더는 눈부신 해의 배경이 되지 않는다. 지는 해는 세상을 내려다보던 해 아래 엎드려 숨어 있던 모든 것들을 찾아내 기꺼이 그들의 배경이 되어준다. 새벽의 수런수런함과 한낮의 뜨거움과 저녁 무렵의 소란이 잦아드는 순간과 순간들은 지는 해를 받으며 잘 어우러져 '색이 다른' 풍경이 된다. 비로소 드러난 풍경들은 지는 해를 배경으로 붉게 물든다. 꽁꽁 숨겨둔 존재들은 한없이 겸손하고 수줍다.

부산에서 도쿄로 가는 비행기 안에서 숨이 막힐 만큼 아름다운 후지산을 내려다본 적이 있다. 하강 중인 비행기의 작은 창문으로 언뜻 눈에 익은 산이 보였다. 함부로 모습을 드러내지 않는다는 후지산의 숨겨진 자태가 고스란히 손에 잡힐 듯 다가왔다. 지는 해가 깔아놓은 붉은 노을을 밟으며 도도하고 차가운 기품을 지닌 후지산이 수줍게 말을 걸어왔다. 얼마나 다소곳하고 조촐하고 아름다운 순간이었는지 모른다.

지는 해는 눈부신 해 아래 제 모습을 숨기고 가리느라 분주했던 모든 것들의 일거수일투족을 고스란히 기억했다가 순식간에 꺼내어 드러내주고 빛나게 만든다.

아내가 보낸 빛바랜 치마를 잘라 그 위에 쓴 글들을 엮은 다산의 하피첩. 하피는 노을빛깔의 치마다. 다산의 노을빛 사랑과 잘 어울리는, 지는 해의 적요가 잘 스며든, 하피라는 말은 참 곱고 촉촉하다. 한동안 입 속에 넣고 중얼거리고 싶은 말이다.

젊은 날의 뜨거운 사랑처럼 눈 부신 '뜨는 해'는 어느새 노을빛이 스며든 짙은 그리움이 되었으리라. 은은하게 빛바랜 치마처럼 곰삭은 사랑과 '지는 해'의 잔잔한 풍경은 서로 닮았다. 유배의 외로움과 쓸쓸함, 그리운 아내와 피붙이에 대한 애틋한 마음을 담은 아련하고 애틋한 하피첩. 다산의 손끝으로 그린 노을빛 그리움이 만져지는 듯하다.

지난 송년 모임에서 함께 무대에 오른 초로의 부부가 부르던 노래가 기억난다. 노래를 듣는 내내 이유 없이 가슴이 먹먹했다. 남편의 큰 키를 맞추느라 힘들게 까치발을 한 아내와 불편해진 몸을 지팡이에 기댄 채 지그시 아내를 내려다보며 노래를 부르던 남편의 눈빛은 노을처럼 붉었다. 서로에게 스며드는 줄도 모르고 어느새 붉게 스며들어 가는 부부의 모습이 지는 해처럼 곱고 아름다웠다.

겨울 해는 유난히 걸음이 빠르다. 빠른 만큼 더 아쉬운 탓인지 이즈음의 노을빛은 더 깊고 더 오래 서쪽 하늘을 물들이며 간다. 지는 해의 붉은 빛 속에는 애잔한 서러움과 애틋한 그리움만 스며있는 것이 아니다. 무심하게 못 보고 지나친 세상이 보인다. 처음인 듯 숨은 모습들이 드러난다. 못 보고 지나친 타인들의 세상이다. 미처 살피지 못한 아픈 눈빛들이다. 그 눈빛에는 고통과 상처를 다스린 후의 달관이 고여있다. 더 많이 아픈 자들이 아픈 나를 위로한다.

노을 빛깔처럼 은은하고 고즈넉한 저녁이 서서히 다가오고 있다. 언젠가 은은한 노을 빛깔로 마지막 옷을 입고 먼 여행을 떠나는 순간이 내게도 오리라. 부디 지는 해를 바라보듯 고요하고 편안하기를.

11월

11월은 갑남을녀다. 평범하고 무난한 모습의 갑남을녀처럼 11월은 고만고만한 시간이다. 그래서 없는 듯 있는 듯 무심히 스치며 보내곤 했다. 거리에서 그저 그런 듯 지나치는 갑남을녀처럼, 오고 가는 낌새도 느끼지 못하고 스쳐 보낼 때가 많았다.

문득 차가운 아침 바람을 느낄 때 어느새 갔는지 11월이 있던 자리에는 12월이 와 있다. 온 줄도 모르게 어느새 가버린 11월은 남겨두고 가는 그림자도 없다. 흔적 없는 흔적의 시간 11월이 사무치게 좋아지는 중이다

11월의 이목구비를 곰곰 들여다보면 은근 진국이다. 잘 들여다보면 갑남을녀에게는 갑이면 갑대로 을이면 을대로의 목소리가 있고 뚜렷한 개성을 지닌 이목구비가 있다. 그냥 지나쳐버린 갑남을녀의 평범한 얼굴에서도 뒤늦은 끌림을 느끼듯 11월은 해마다 새로운 느낌으로 다가온다. 극적

이지 않은 아련한 끌림이다. 이제야 슬그머니 11월에게 미안해진다.

현자의 근엄하고 묵직한 가르침보다 갑남을녀의 덕담이 더 살갑게 다가올 때가 있다. 가까운 이들의 진심 어린 조언이 때론 무겁지 않아 더 부담 없고 편하듯이 무심한 듯 건네는 위로가 심오한 철학과 이념으로 버무린 조언보다 더 묵직한 울림으로 다가오기도 한다. 침묵으로 우리를 지켜보는 존재처럼 나의 무질서와 실패를 처음부터 끝까지 조용히 지켜보기만 하는, 늘 내편 같은 11월이 그렇다.

11월에는 뽀얗게 씻어 섬돌 위에 세워둔 정갈하고 가지런한 고무신이 생각난다. 가지런한 무심처럼 아름다운 것이 있을까. 그것은 지나간 그리움을 부추긴다. 요즘처럼 신을 것이 흔한 세대들은 뽀얗게 씻어 건져둔 흰색 고무신 한 켤레가 가진 소박하고 간결한 품격과 은근한 힘을 잘 모를 것이다. 늦가을의 나지막한 햇살 아래 뽀얗게 말라가던 어머니의 고무신에 고여 있던 늦가을의 여린 온기처럼 되돌아갈 수 없어 만질 수도 없는 것이 간절하게 그리워지는 11월이다. 가지런히 벗어둔 어머니의 하얀 고무신 한 켤레처럼, 간결하고 정갈한 반추의 시간, 11월에는 속절없이 사라져 버린 것들이 여기저기에서 불쑥불쑥 얼굴을 내민다.

파트릭 모디아노의 소설 「어두운 상점들의 거리」에는 11월을 닮은 사나이가 있다. 주요 인물도 아니고 소설 속 사소한 암시나 복선도 되지 못하는 사나이1에 불과한 인물이다. 무시해도 되는 그 사내를 생각하며 나는 먹먹한 감정에 휘둘리곤 한다.

해변에 어떤 사나이가 있다. 그 사내는 사십 년 동안 바닷가나 수영장 주변에 거의 있었지만 그곳을 다녀간 수많은 사람들은 그를 기억하지 못한다. 사람들의 기념사진 속에는 그가 거의 등장한다. 그런데 아무도 그 사내를 기억하지도 못하고 알지도 못하고 알려고도 하지 않는다. 그들은 보고 싶은 사람과 풍경만을 볼 뿐이다. 사내는 긴 시간 속에 늘 누군가의 곁에 존재하고 있었지만 누군가의 기억 밖에 존재했다.

소설 속 어떤 장면보다 짧고 사소한 이 장면을 왜 나는 잊을 수 없는 것인지 설명하기는 힘들다. 설명할 수 없는 복잡한 울림을 주는 감동적인 장면들과 비교하기도 힘들만큼 울림이 있다. 설명할 수 없는 울컥함 때문에 한동안 책장을 넘기지 못했다.

11월은 수천수만 장의 사진 속에 아무도 모르게 등장했다가 아무도 모르게 사라진 소설 속 그 사내의 존재를 닮았다. 그 사내처럼 존재하고 있었으나 존재감의 무게는 조금도 없는 어떤 존재처럼 11월은 무심의 절정에 도달한 곳에 있는 시간인지 모른다.

애잔하게 마음을 후비고 들어오던 그 사내. 뚜렷하게 보이지 않는 어떤 존재가 드리우는 잔상이 깊고 오래 남아 있다. 그것은 아주 미세한 흔적에 고인 적요처럼 표현할 수 없는 공활함이다. 마음을 시리게 하던 그 사내처럼 무수히 지나쳐버린 하찮고 모자라는 존재들이 불현듯 생각나는 11월 속에 내가 있다. 뚜렷하지 않는 감상感傷을 던지는 존재들이 왜 마음을 싱숭생숭하게 헝클어놓는 것인지 모를 일이다.

나도 모르게 찍힌 나의 얼굴과 표정이 담긴 수천수만 장의 사진을 생각해 본다. 나도 모르게 많은 이들 속에 섞이고 나도 몰랐고 아무도 몰랐던 무수한 나의 존재를 생각한다. 늦었지만 지나쳐버린 나를 알아볼 수 있을까. 무심히 지나친 나에게 다정한 눈빛을 건네고 싶은 11월이다.

내 앞까지 잘 굴러온 11월의 공을 골대를 향해 툭 차본다. 슬쩍 건들이기만 해도 내가 굴린 11월은 대체로 안전하게 골대 앞까지 잘 굴러온 것 같다. 마무리 한 방이 필요한 지금 점점 잘 구르는 공을 굴리기도 힘겨워지고 지금껏 굴러온 공이 어디로 튕겨 나갈지 가늠하기도 점점 어려워진다.

가끔 내가 굴린 공이 다른 이가 굴리는 공의 동선을 방해

할까 신경이 쓰이기도 한다. 가끔 예기치 못한 바람을 만날까, 원하지 않는 곳으로 달아나 버릴까, 불안하고 두렵기도 하다. 그러나 이제는 더는 애탕 끌탕 하지 않는다. 골대 속으로 밀어 넣지 않고 굴렁굴렁 굴러가는 공을 무심히 지켜만 보려 한다.

다시 11월이다. 허방 같은 바람을 잔뜩 불어넣었어도 내 공은 잘 굴러왔으니 다행이다. 아무것도 바라지 않아도 충분함을 느끼는 지금 어떠한 궁리조차 하지 않을 것이다.

굴러가는 공 앞에서 잠시 숨 고를 수 있는, 아직은 11월이다.

첫눈을 기다리며

기억하고 싶은 장면이 있다. 오랜 기다림을 배경으로 흰 눈이 내리고 기다림의 아픔과 쓸쓸함마저 하얗게 쌓여가는 눈처럼 무심한 배경이 되어버리는 장면이다. 아픔과 상처가 오히려 하얀 눈보다 더 순결하게 다가오던 영화의 라스트 씬이다.

오랜 기다림은 아프고 무거운 기억을 벗고 비로소 무심한 일상 속으로 스며든다. 쉼 없이 눈이 내리던 영화의 마지막 장면이 무엇보다 잊을 수 없는 것은 내리는 눈발의 한없는 가벼움 때문이다. 그 가벼움은 지난 삶의 무게가 얼마나 무거웠던 것 인지를 가늠할 수 있게 한다.

너무 힘들어서 더는 기억할 게 남아 있지 않아 비로소 가벼워진 주인공의 눈동자 속에도 눈이 내린다. 내리는 눈발의 한없는 가벼움 속으로 이고 지고 온 고통과 상처들도 눈처럼 한없이 가볍게 휘발된다. 울컥 눈물이 났다. 삶에서 가장 아름답고 행복했던 기억과 가장 아프고 슬픈 기억은 결국 제로섬 같은 것인지 모른다.

첫눈이 내리는 풍경과 함께 송년의 안부를 묻는 메시지들이 여기저기서 날아든다. 덕분에 눈이 귀한 부산에서 12월에도 첫눈을 느낀다. 첨단의 세상 속에서는 아무리 먼 풍경이라도 거리의 경계를 허물고 가까운 풍경이 된다. 실시간으로 도착하는 눈을 바라보니 한 해의 이러저러했던 기억들을 다 내려놓고 아무것도 없는 텅 빈 순간 속에 잠시 서 있고 싶다.

눈에 덮인 세상은 기억을 깨끗이 씻어낸 듯 눈이 내리기 전까지의 세상에 대해서 어떠한 기억도 끄집어내 말하지 않는다. 기억하지 않는 것과 기억하지 못하는 것은 다르다. 기억하지 않는 것은 그 기억의 무게가 너무 무거워 밖으로 기억을 끌어올리기 힘든 것이라 생각한다. 반면 기억하지 못하는 것은 한없이 가벼운, 바람처럼 흔적도 찾을 수 없이 가벼워진 기억일 것이다. 내가 눈을 좋아하는 것은 너무 무거워 꺼내지 않는 기억들이 기억하지 못할 정도로 날아가는 눈발처럼 가볍게 사라져 버리기를 바라서이다.

적절한 기억의 무게는 몇 그램일까. 눈이 내리는 풍경을 보면 분명 기억의 무게에도 바닥을 치고 떠오를 수 있는 임계점 같은 것이 있을 거라는 엉뚱한 생각이 든다.

부산에서는 눈 내리는 장면이 현실이 되었을 때의 곤란한 문제들을 곧잘 잊고 산다. 그만큼 눈에 대한 기억의 무게가 가볍다고 해야 할까. 부산 사람들의 눈에 대한 기억은 늘 현실과 거리가 멀다.

눈은 소설이나 영화 속 첫사랑처럼 멀고 아련하다. 영화 속에서 눈은 억눌리고 상처받은 마음을 털어내는 중요한 설정이 되기도 한다. 일본 영화 〈철도원〉 속 호로마이역에 내리던 눈발은 너무 애잔했다. 눈 내리는 간이역의 풍경은 고지식한 철도원과 그가 살아온 인생의 아픔을 따스한 시선으로 바라볼 수 있게 하는 명장면이었다. 그런 간이역에서 무심하게 내리는 첫눈을 만나면 무겁게 이고 지고 온 기억들도 훨훨 눈이 되어 날아가다 어느 지점에서 본래 없던 것이 되어 다 녹아 사라질 것 같다.

한때 첫사랑의 아련함을 불러일으켰던 영화 〈러브레터〉에도 눈은 영화의 중요한 설정이 되어주었다. 눈은 이 영화 속에서 티끌 하나 용납지 않는 순수한 첫사랑과 무척 어울리는 장치다. 생의 이편에 내리는 눈이 생의 저편에서 보내는 위로로 다가오던 영화다.

남겨진 기억들은 눈 속에서 여기와 거기의 경계를 허문다. 눈이 허문 경계에서 여기와 거기는 하나가 된다. 무거운 현실을 차갑게 응시하는 일본 사람들에게도 눈은 따뜻한 시선으로 세상을 바라보게 하는 첫사랑 같은 것인가 보다.

올해는 눈이 귀한 남쪽에서도 귀한 그믐치를 볼 수 있으면 좋겠다. 무거웠던 지난해의 무게를 다 내려놓을 수 있게 한바탕 씻김의 눈을 기다린다. 코로나바이러스가 싹둑 잘라간 시간을 다시 추스를 수 있게 순도 높은 순백의 첫눈이 절실하다.

어떤 의도도 끼어들 수 없는 하얀 눈이 만장일치의 위로가 되어주리라

2부

기적은 기적처럼 오지 않는다

기적은 기적처럼 오지 않는다.

오로지 기도만 남았을 때 기적은 기적처럼 다가온다.

호야꽃이 피다

호야는 행복한 전언처럼 꽃을 피운다. 나는 즐거운 편지처럼 호야가 피운 꽃을 읽는다. 웅숭깊고 그윽한 향기처럼 상서로운 기운이 번져간다. 행운의 전조처럼 집안 구석진 곳까지 환하게 밝아진다.

호야가 꽃을 피우기는 흔치는 않다. 그래서 맨 처음 꽃망울이 맺힌 걸 보았을 때 긴가민가했다. 설마 꽃이거니 하던 작은 멍울이 천천히 속을 열고 축적된 향기와 아름다움을 남김없이 펼치는 순간을 잊을 수 없다.

천천히 그리고 쉼 없이 한 송이에서 또 한 송이로 피었다 지고 다시 피어나는 호야꽃의 끈기는 대단하다. 이 꽃송이에서 저 꽃송이로 꺼지지 않는 성화를 건네듯 어둠을 물리는 등불을 밝힌다.

호야의 첫 꽃은 축복이었다. 눅눅하고 응어리진 지난 시간에 대한 기분 좋은 암시이며 예언의 축전 같았다. 밖으로 드러내 자랑해 버리면 좋은 기운이 사라질 것 같아 한참 꽃을 피우고 난 후까지 혼자만 몰래 보던 비밀스러운 축복이었다. 과잉의 감정이입이 부담스러웠을 것인데도 호야는 어김없이 올해도 꽃을 피우는 중이다.

꽃은 핀 자리마다 왔다 갔다는 꽃 같은 흔적을 소리 없이 남기고 조용히 진다. 꽃 진 자리에는 나이테처럼 동그랗게 쌓인 꽃의 발자국들이 제법 소복하게 쌓였다. 진 자리에 남겨진 흔적조차 행운을 부르는 신묘한 기운을 가진 듯하다.

내게 호야는 기적을 가져오는 부적 같다. 가끔 선물로 받은 부적을 지니고 다닌 적이 있다. 이슬람 문화권 외곽이나 지방에서도 부적이나 주문을 외는 행위를 금했지만 마법의 힘에 기대는 이들이 여전히 많다고 한다. 인공지능으로 움직이는 세상이 와도 근거 없는 주술에 제 운명을 거는 사람들이 드물지 않다. 하기는 근거 없다는 믿음의 논리를 입증할 만한 과학적인 근거 또한 없으니 주술적인 믿음에 운명을 거는 이들에게 믿음은 그 자체가 충분한 근거가 될 것이다.

가까운 친구에게 호야꽃 이야기를 한 적이 있다. 친구는 꽃을 피우는 식물들에게 인간이 부질없는 희망과 기대를 하는 일을 경계하라고 단호하게 말했다. 어떤 대상에 과도한 감정이입과 무거운 서원을 주입하는 것은 어리석은 집착에서 비롯된 것이라면서 본인이 겪은 비슷한 경험을 얘기했다. 힘들고 어려운 시간을 보내던 때 집에서 키우던 여러 개의 난들이 상서로운 향기를 집안 구석구석 가득 채우며 줄줄이 꽃을 피웠다고 한다. 드디어 힘든 시간이 지나고 좋은 일이 올 거라는 징조 같아서 가슴이 떨렸다고 한다. 그러나 막연한 기다림이 더 힘들더라는 것이다.

고달프고 힘든 시간을 지나는 동안 우리는 마법 같은 행운을 바라거나 적어도 힘든 시간이 머지않았음을 암시하는 상서로운 기운이나 전조를 간절히 기다릴 때가 있다. 주변의 흔한 일상에 일어난 작은 변화에도 의미를 부여하고 예사롭지 않게 받아들일 수 있다. 그래서 근거 없는 기대와 설렘을 갖는다. 허술하고 비논리적인 믿음이라도 기다리는 동안 위안을 준다면 그도 짧은 기적이 아닐까. 나쁘진 않을 것 같다.

착각적 인과관계Illusory Causality를 생각해 본다. 심리학자들도 근거 없는 미신이라도 믿는 동안 막연한 불안감을 덜어주고 자신감을 키워줄 수 있다고 한다. 어떤 경우에도 잘 될 수 있다는 믿음은 긍정적인 힘을 주고 일을 더 잘 처리할 수 있게 도와주는 반면, 부정하고 의심하는 마음은 우리를 더욱 절망으로 기울게 해서 할 수 있는 일조차도 못 하게 만들어 버릴 수 있다는 것이다. 착각적 인과관계Illusory Causality일지라도 불확실한 미래와 불안을 덜어주는 믿음을 무조건 비논리적이라고 부정할 필요는 없을 것 같다. 다만 과잉의 믿음이 파놓은 더 깊은 함정을 함정인 줄 모르고 빠져들어 더 깊은 불안과 고통을 겪게 되는 것을 경계해야 할 것이다.

해마다 피는 호야꽃에게 더는 근거 없는 기적과 행운을 기대하지 않는다. 꽃을 보는 기쁨 자체가 힘들고 팍팍한 시간을 견딜 수 있게 도와주는 향기로운 위로다. 피는 꽃에게 고마움을 전하는 것도 귀한 깨달음이다. 내가 진 무거운 짐과 근심을 꽃에게 떠넘기지 말 일이다. 꽃은 꽃으로 바라볼 때 가장 큰 기쁨이 되어줄 것이다.

호야꽃도 꽃이다. 꽃이니까 피고 진다. 천천히 피는 꽃이지만 질 때는 뒤도 돌아보지 않고 황망히 떠난다. 후둑후둑 낱낱이 해체되듯 떨어져 바닥에 흩어진 꽃잎은 꽃이었던 기억조차 지워버린 듯 허허롭다. 그 허허로움 속에 못 보고 지나쳐버린 세상이 보인다. 꽃이었던 시간조차 낱낱이 해체한 빈자리. 더 크고 공활한 시공 속에는 눈이 부시게 아름다운 무상이 빛나고 있다.

올해도 어김없이 꽃을 피운 호야, 가장 허약하고 척박한 줄기의 마른 끝에서 아스라이 낭떠러지처럼 피었다가 한 치의 주저함도 없이 툭 떨어질 것이다. 그 짧은 순간이 다 가기 전에 호야가 건네는 행복한 편지를 읽는다.

운명은 빠져나오기 힘든 어둡고 무거운 덫을 무턱대고 우리에게 덮어씌우지 않는다. 불운은 처음부터 끝까지 짓궂은 운명이 짐 지운 것이라고 믿는 자에게만 벗을 수 없는 굴레가 되는 것이다.

행복한 동화를 꿈꾸며

행복한 결말의 동화에는 행복을 가져올 희망이 보인다. 그런데 어린 시절 읽은 동화 중에는 슬픈 결말로 끝나는 이야기들이 더러 있었다. 때론 가슴 한켠이 싸해지는 슬픈 결말이 행복한 결말보다 더 오래 여운을 주어 깊은 감동을 주어 더 오래 기억에 남을 때도 있다.

로버트 브라우닝이 쓴 동화「하멜른의 피리 부는 사나이」처럼 참혹한 결말은 감동보다는 추스르기 힘든 상처와 충격을 준다. 죽비를 내리치는 듯 인간의 어리석음을 경고하는 것이라지만 그런 죽비를 맞는 일은 한사코 피해 가고 싶은 것이다.

하멜른의 골칫거리 쥐떼와, 골칫거리 쥐 떼를 없애기 위해 피리 부는 사나이의 힘을 빌리는 어른들, 그리고 쥐 떼를 없애주고 난 후의 이야기가 마지막 얼개로 완성되는 순간 동화는 공포가 되었다. 결말은 섬뜩하다. 동화 속 어른들은 지켜야 할 원칙과 약속을 지키지 못했고 조금도 지혜롭지 못했다. 어리석은 어른들이 만든 인과응보는 엉뚱하게 아이들에게로 향하여 비극적인 참척의 결말로 이야기는 끝이 난다.

우리나라에도 당연히 지켜야 할 원칙을 제대로 지키지 못한 어른들이 불러들인 피리 부는 사나이가 다녀간 적이 있다. 인천을 출발하여 진도 앞바다 맹골수도를 건너던 수백 명의 어린 생명들이 거짓말처럼 사라지고 말았다. 쥐 떼처럼 창궐하는 부조리와 부도덕을 스스로 찾아내고 미리 몰아내지 못한 어른들의 어리석은 잘못으로 인하여 채 피어 보지도 못한 어린 생명들이 거짓말처럼 사라지고 말았다.

그해 봄은 유난히 철도 없이 봄꽃들이 서둘러 피었다가 지더니 봄꽃보다 아름다운 아이들이 무참히 안타깝고 황망하게 지고 말았다. 중심을 잃고 차가운 바닷속으로 침몰해 버린 세월호의 밑바닥에는 대한민국이 지키지 못한 허울뿐인 약속과 원칙들이 켜켜이 쌓여 있었을 것이다.

사고 직후 팽목항을 다녀온 지인에게서 사고가 난 후에도 여전히 책임의 주체는 없이 무질서와 혼란이 계속되고 있다는 암담한 상황을 전해 들었다. 엄청난 비극을 앞에 두고 여전히 우왕좌왕 갈피를 잡지 못하는 사이 걷잡을 수 없이 불어난 쥐 떼들만 우글거리고 있는 나라. 아수라장이 되어 가는데도 여전히 비극을 수습하는 주체가 없는 대한민국의 미래는 절망적이었다. 비극적인 동화는 언제든지 현실이 될 수도 있음을 아프게 경험했다.

누가 하멜른의 피리 부는 사나이를 불러들여 우리 아이들에게 그런 황망한 비극을 안겨 주었는가. 우리는 최선을 다해 우리가 불 수 있는 피리를 구해보기는 한 것인가. 왜 우리의 안전을 위협하는 수많은 쥐 떼들을 퇴치하기 위해 우리가 먼저 피리 부는 법을 배워야 한다는 생각을 하지 못했는가.

아이들은 지켜야 할 우리의 미래다. 미래가 사라진 오늘은 죽은 시간이다. 죽은 시간을 살면서 다시 행복을 꿈꿀 수 있겠는가. 걷잡을 수 없는 자책들이 쏟아지는 동안에도 끝내 우리는 단 1명의 생존자도 더 구해내지 못하고 침묵하는 바다만 바라보며 참담하게 그 봄을 견디어야 했다.

팽목항에는 기억해야 할 것들이 아직 많다. 팽목항을 찾은 사람들은 캄캄한 절망의 물길 속에서 다시 희망을 건져 올리기 위해 애쓰던 고마운 사람들을 기억한다. 생업까지 미루고 달려오던 자원봉사자들, 각계각층의 따뜻한 지원과 보살핌, 사소한 유류품 하나라도 놓치지 않으려고 바다를 샅샅이 뒤지던 진도의 어부들, 목숨을 건 잠수부들의 희생,

전 국민적 애도의 마음들이 하나가 되어 희망을 건져 올리기 위해 애썼다. 잊어서는 안 될 것이다.

세월호의 매뉴얼은 조각조각 찢어졌지만 진정한 봉사의 매뉴얼을 조용히 지켜나가는 봉사자들이 있어서, 급박한 침몰의 위기 속에서도 끝까지 침착했던 승무원들과 교사들이 있어서, 그리고 용감했던 단원고의 어린아이들이 있어서, 우리의 결말은 완벽하게 하멜론과는 달라질 것이다. 불행 속에서 희미한 불씨처럼 피어오르던 지난봄의 희망을 생각해본다. 아직은 좀 더 행복한 결말의 동화를 꿈꿀 수 있는 시간이 남았다고 믿는다.

지체할 수 없는 위기의 순간은 여전히 되풀이되고 있다. 무책임하고 무능력한 무원칙의 구태를 벗고 누가 먼저랄 것도 없이 스스로 책임질 줄 아는 주체로 거듭나야 함을 뜨겁게 공감하는 푸르른 5월이다.

참담한 자책의 지난 시간들은 잠시 접어두기로 하자. 미래의 행복한 동화를 새롭게 완성하기 위해, 우리가 원하는 최고의 결말을 다시 쓰기 위해, 더 변화하고 달라져야 할 것이다.

다시 쓰는 동화는 완벽하게 행복한 결말이어야 한다.

부적 이야기

깜짝 추위가 찾아온 도로변에서 꽃보다 붉고 선연한 열매를 달고 의연하게 서 있던 나무에 마음을 뺏긴 적이 있다. 겨울 초입의 남천나무는 꽃보다 붉다. 잡귀를 쫓는다는 남천나무에게 품었던 으스스하고 불편했던 편견은 사라진지 오래다.

빼곡하게 열린 빨간 열매와 붉은 잎을 가진 남천을 바라보는 계절. 빨갛게 흔들리는 남천의 잎사귀를 바라보기만 해도 마음이 따라 흔들린다.

꽃이든 풀이든 시들어가는 모습이 싫어 실내에서는 식물을 잘 키우지 않는다. 남천 역시 환기가 쉽지 않은 아파트에서는 사흘도 못 견디고 꾸역꾸역 시들어가지만 붉은 유혹을 떨치지 못하고 샀다가 고작 며칠을 견디지 못하고 보내버린 게 몇 번인지 모른다. 기다리던 잎들은 빨갛게 물들기도 전에 누렇게 변해 시들고 말라가기 일쑤다. 마른 잎들은 이내 사르륵사르륵 죄 떨어지고 만다. 기어이 제대로 발을 내리지 못하고 앙상한 가지만 남는다. 해마다 나의 망심이 되풀이하는 헛짓이다.

고운 순간들은 찰나다. 피었던 것이 진다는 것은 지극히 자연스럽다. 남천은 반짝임과 스러짐이 하나라고 짧게 전하고 간다.

남천의 붉게 물든 잎과 열매가 그린 추상을 붉은 부적 같다고 여긴 적이 있다. 그래선지 말라버린 가지 끝에서도 다시 피어날 아름답고 붉은 몽환의 기적을 은근히 기다리기도 했다.

기적은 기다리던 기적이 기적처럼 완성되는 순간 이미 기적이라는 이름으로 불리지 않을지 모른다. 막막하고 기나긴 기다림의 끝에서 우리를 기다리는 것은 기적이 아니라 기다림보다 더한 혹독한 고통일 수도 있다. 기적은 오지 않은 기적이 도착하기를 간절히 기다리는 동안만 기적이라는 이름표를 짧게 허락한다.

희망이 우리를 고문한다는 말이 있다. 판도라의 상자 속에 마지막으로 남겨두었다는 희망을 기다리는 일처럼 기적은 축복이지만 또한 혹독한 고문이기도 하다. 기적을 막연히 기다리기만 하면 가장 잔인하고 슬픈 올가미를 쓴 채 살아갈 수 있다.

부적을 오래 연구한 지인이 있다. 해가 바뀔 때마다 정성을 다해 부적을 써서 지인들에게 선물한다. 새해 무렵이면 내게도 정성껏 쓰고 그린 부적을 보내온다. 한 해의 소망이 무난히 이루어지라는 소망을 전하는 선물 쿠폰 같은 거라고 덧붙인다. 처음 부적을 보았을 때 나는 부적이 지닌 붉은 추상의 모호한 정체성이 낯설어 지니기가 거북했다. 주신 이의 마음 같아서 버릴 수는 없어 여기저기 보이지 않게 숨겨두거나 때론 지갑 깊숙이 넣어두고 잊은 적이 많았다.

시간이 지나 집안 어딘가 두고 잊은 부적들의 빛바랜 불그스름한 낯빛과 마주칠 때가 있다. 무심히 방치한 나의 무관심 때문인지 부적의 표정은 씁쓸하다. 유효기간이 다한 기적에서도 설명하기 어려운 기운이 느껴진다. 시효가 끝난 내밀한 진언에서 마른기침 소리가 나는 것도 같다. 오래된 부적에 쟁여진 서원들도 쉽게 사라지지 않는가보다.

부적의 붉은 빛깔은 얼굴이 비치는 거울 같아서 경면주사鏡面朱砂라 부르는 희귀한 광석에서 얻은 빛이다. 순수한 것은 86.2%의 수은을 함유한다. 좋은 기운을 가졌다는 물질 속 깊숙이 든 치명적인 성분이라니, 극과 극의 소통 자체가 기적을 의미하는가. 상극의 성분들이 만나면 기적을 부르는 신통방통한 에너지를 만들 수 있다는 것인가. 어쨌든 극과 극은 서로 통하기도 하는 것인가 싶다.

제대로 부적을 제작하려면 목욕재계한 깨끗한 몸과 마음으로 벼락 맞은 대추나무 가지를 잘라 옛 선인의 봉분에 묻었다 꺼내 제사를 올린다. 기도의 주문을 외며 길고 긴 정성을 다하는 내내 잡인과의 모든 교류를 끊고 온갖 부정한 일들을 철저히 금했다. 극도의 금기로 이루어진 과정이다. 그러니 부적을 제대로 제작하기는 불가능에 가깝다.

부적이 무수한 금기들로 이루어진다는 것을 생각하면 기적은 극단적인 금기가 이루어낸 수용의 결정체일 수도 있겠다.

『지중해의 영감』에서 장 그르니에는 저녁 산책을 하는 동안 무엇이 가장 커다란 위안을 주는 비현실적인 기적인가를 자문하듯 묻는다. 그리고 서슴없이 나무들을 떠올린다. 특히 지중해 해변에 있는 소나무들을 사랑했던 그는 나무 잎사귀 사이로 바다를 바라보는 것이 진정한 행복이라고 했다. 그르니에에게 무한한 행복의 기적을 건네는 아름다운 자연도 부적 같은 것이라 할 수 있을까.

요즘 젊은 세대들은 SNS상에서 짧고 특이한 문자로 그들만의 다양한 의도와 바램들을 표현한다. 그리고 그것을 공유하고 소통하며 즐긴다. 엉뚱할 정도로 짧고 불가사의한 문자가 갖는 의미가 상상 이상의 강한 에너지를 품어 굉장한 파급력을 지니기도 한다.

시공간을 넘어 그들만의 다양한 콜라보레이션을 즐기는 그들에게는 전통적인 부적조차 기괴한 미신이라기보다 자신들의 정체성을 강하게 드러낼 수 있는 다양한 표현 수단일 뿐이다. 미신이라고 심각하게 받아들이지 않는다. 무료한 일상에 새로움을 선물하는 깜짝 이벤트 같은 것이다. 즐거운 키치이고 캠프 같은 것일 수 있다.

추상화를 그리는 김민기라는 작가가 있다. 한국의 부적을 수집해 자신의 추상화 작업에 응용한 그에게 암호 같은 부적은 많은 영감을 주었다고 한다. 그는 부적이 무한한 상상력을 자극하는 문화라고 여겼다. 그의 추상화는 새로운 시선으로 바라보고 창작한 그의 부적이기도 한 것이다.

대부분의 사람들은 부적을 기복의 수단으로 여기거나 미신적 주술로 접근한다. 그런 부분이 부적에 대한 부정적인 선입견을 만든 건지 모른다.

알고 보면 부적은 아무에게도 해를 끼치려는 의도가 없다. 기도와 사랑과 소망과 축원을 담은 오브제 같은 것이다. 더 넓게 긍정적 시선으로 보면 부적에 담긴 것들은 배려와 감사의 아이콘들이다.

시를 쓰는 일은 보이지 않는 상처를 치유하는 과정이 될 수 있다. 어쩌면 시 한 편 한 편들이 모두 나의 불운과 싸워 줄 부적 같은 것이다.

캄캄한 추상 속에서 희미하게 떠오르는 시의 윤곽을 발견하는 순간은 기적만큼 힘들게 찾아온다. 시는 눈멀고 귀가 어둔 내가 보고 듣지 못한 일상 속에 이미 있었을 것이다. 시는 가느다란 머리카락 한 올을 여기저기 흘려두고 한번 찾아내 보라고 숨바꼭질한다. 그러다 아직도 허황된 기적을 기다리느냐고 내민 꼬리를 놀리듯 도로 감추고 감감해진다. 그러함에도 우매한 나는 무작정 시를 기다리기만 한다.

무조건 기다리기만 하면 영원히 시의 전부를 볼 수 없다는 걸 어렴풋이 알아가는 중이다. 시는 기적도 부적도 아니다. 기다리지 말고 스스로 찾아 나서야 시가 흘려놓은 털끝 같은 단서 하나라도 주워 헤아릴 수 있는 것이다.

기적이라 부를 수 있는 모든 기적들은 맹목으로 기다리기만 할 때 운명이라는 수동적인 굴레를 우리에게 씌울 것이다. 맹목적 운명론에 빠진다면 운명은 무소불위의 힘으로 삶 전체를 송두리째 찍어 누를 것이다. 운명의 억지와 횡포를 물리칠 신묘한 부적은 없다.

사람들은 최대의 행복을 누리고 싶어서 사소한 불운조차 피하려고 안간힘을 쓴다. 언제나 봄날이고 맑은 날이고 기분 좋은 날이기를 바란다. 궂음이 있어서 맑음이 귀하고 좋다는 것을 자주 잊고 고통을 받는다.

천지팔양경天地八陽經에는 심심하고 밍밍한 하루하루가 축복이라는 좋은 말이 있다. "지난달도 오는 달도 달마다 좋은 달이요. 금년에도 명년에도 해마다 좋은 해이리니. 매일 매일 날마다 좋은 날이요, 달마다 좋은 달이요, 해마다 좋은 해라 진실로 막힐 것이 없나니"를 읽는 순간 좋고 나쁘다는 허울에서 벗어날 수 있다는 생각이 든다. 그러니 늘 좋은 날을 맞이할 수 있는 열쇠는 나에게 있다. 특별한 일 없는, 지루할 정도로 심심한 하루하루가 바로 행복이다. 그런 순간을 알아차리는 '나'가 기적을 부르는 부적이 아닐까. 이보다 더 강력한 효능을 가진 부적이 과연 어디에 있을까.

'더 멋진' 신세계

나의 첫 숟가락은 손잡이 부분에 작은 날개가 그려져 있었다. 어린 눈에도 아주 특별하고 예뻤다. 숟가락을 쥘 때마다 파닥이는 날갯짓이 손바닥을 간질이는 듯했다. 수저통 속에 여러 수저들과 뒤섞여 있어도 날개를 단 내 숟가락은 쉽게 찾을 수 있었다. 은빛의 날개 문양이 빛나던 내 숟가락은 흔한 스테인리스 숟가락이었다.

수저의 재질과 색깔에 대해 할 말이 많은 요즘이다. '은수저를 물고 태어나다'라는 말이 있다. 유럽의 귀족들이 아기에게 유모 젖을 은수저로 먹이던 풍습에서 나온 말이라 한다. 음식의 독성에 쉽게 반응하기 때문에 아기의 안전을 미리 걱정하여 썼던 은수저를 타고난 높은 신분을 뜻하는 환유적 의미로 쓰게 된 것이다. 내게도 친정어머니가 마련해 준 은수저 한 벌이 있다. 변하지 않는 정갈함을 유지하는 것이 쉽지 않아 불편하다. 만만하지 않아 사용하지 않은 지 오래다.

은수저가 지닌 광택과 빛깔은 그냥 얻어지는 게 아니다. 조금만 소홀히 다루어도 특유의 환한 낯빛을 거두고 금세 어두워진다. 은이 지닌 특유의 광택과 품위를 잃지 않도록 잘 대접하고 갈무리해 주어야 한다. 아무래도 은수저는 태생 자체가 귀족이고 상전이기는 하다.

몇 해 전부터 젊은 층을 중심으로 수저의 색깔론에 대한 논쟁이 뜨겁다. 수저의 색깔로 부의 대물림이 지속되는 사회를 부러워하고 에둘러 비판하기도 한다. 갈수록 계층의 수직이동이 어려운 현실을 풍자한 '은수저론'은 서글픈 우리의 풍경 중 하나가 된 지 오래다.

우리나라에서 노력을 통해 개인의 사회경제적 지위가 높아질 가능성을 묻는 질문에 '매우 높다'와 '비교적 높다'라고 응답한 비율이 점점 낮아지고 있다. 특히 결혼과 출산의 결정 연령대인 30대의 경우 열 명 중 여섯 명이 부정적 응답을 했다고 한다. 계층 이동의 사다리가 점점 붕괴되고 있는 현실에서 나온 수저론을 대수롭게 넘길 일은 아닌 듯하다.

어쩌다 숟가락에 태생이라는 고정불변의 계급장을 스스로 달아준 것일까. 벽돌이 아닌 숟가락으로 불가능과 포기라는 불가항력의 벽을 쌓는 세상이 되었을까. 선택 자유의 숟가락에 선택 불가의 이름표를 붙이게 된 것을 삐뚤어진 자격지심이 만든 고장 난 관념이라 함부로 여기기에는 그 현상이 예사롭지 않다. 수저의 선택이 자유의지가 아니라 어쩔 수 없이 물려받은 유전자처럼 바꿀 수 없는 것이라고 불가항력의 벽을 쌓아가는 고집스러운 현실은 비극이다.

'개천에서 용 난다'는 말이 더는 통하지 않는 세상이다. 어떤 수저를 들고 태어나는지에 따라 삶의 질이 달라진다고 생각하는 젊은 세대에게 수저 무용론이나 수저 불용론을 들먹인다 해도 생각을 바꾸기는 쉽지 않을 것 같다. 태생이라는 말 속에는 태생부터 어쩌지 못하는 벽이 존재한다는 의미가 굳게 깔려 있다.

그러나 벽이란 존재하기 때문에 그 벽을 넘어서거나 깨뜨릴 수 있는 도전의 동기도 생겨나는 것이 아닐까. 벽의 존재는 절대적인 체념과 절망의 메타포가 아닐 수도 있다. 전력투구의 동기와 이유가 될 수도 있는 것이다. 벽은 그 벽을 넘어설 수 있다는 강한 신념과 투지를 북돋우는 용기의 또 다른 이름으로 받아들일 수는 없을까.

수저가 삶을 결정한다면 나는 주저 없이 무난하고 평범한 수저를 집어 들 것이다. 은수저와 날개 달린 숟가락 말고는 내게는 '내것'이라 정해 놓은 수저가 따로 없다. 수저통에서 집히는 대로 편하게 사용하고 잘 씻고 소독하고 닦은 후 다시 사용하곤 한다. 그런 수저사용법이 가장 편하다.

숟가락이 신분과 정체성을 결정하는 근거라면 딱히 '내것'이라는 숟가락이 없는 나는 수저계급론적 입장에서 이도저도 아닌 부랑자 같은 존재일지 모른다. 한편으로는 어디에도 속할 수 없지만 또 어디에도 속할 수 있는 자유로운 무소속인 것이다. 소속이 없으므로 무한의 자유를 누릴 수 있는 행복한 존재라 할 수 있다.

『멋진 신세계Brave New World』에서 올더스 헉슬리는 서늘한 두려움을 주는 계급사회를 보여주었다. '멋진' 신세계에서는 고도의 과학기술로 철저하게 인구를 조절한다. 신세계의 인간들은 자연 출산이 아닌 실험실의 배양 병에서 태어난다. 이들은 태어날 때부터 각자 계급이 정해지며 그 계급에 적응할 수 있는 능력까지 철저히 만들어져서 태어난다. 그런 신세계의 인간들에겐 자기가 만들어 나갈 수 있는 삶은 없다.

나는 작금의 '금수저와 흙수저론' 속에서 헉슬리가 보여준 '멋진' 신세계보다 '더 멋진' 신세계를 본 듯하다. 우리의 젊은이들이 스스로에게 '더 멋진' 신세계라는 족쇄를 채워 태생의 수저를 원망하고 잘못된 유전자 선택을 비난하느라 내일을 향한 시도조차 하지 않고 자포자기적인 삶을 살아갈까 걱정 아닌 걱정을 한다.

언제든 버리고 얼마든지 원하는 것으로 바꿀 수 있는 것 중의 하나가 숟가락이다. 스스로에게 옴짝달싹할 수 없는 '태생이라는 멍에'를 씌우는 것은 어리석은 자기 비하이고 자기학대가 아닌지 생각해 볼 일이다.

수저통 속에서 꺼낸 그저 그런 스테인리스 나의 숟가락. 스테인리스처럼 무심히 빛나는 광택을 지닌 나의 오늘이 평범하고 심심하지만 걸림이 없어 무난하기를.

슈가보이의 마법

감기를 오래 앓고 난 후 한동안 맛을 제대로 느끼지 못했다. 모든 음식에서 쓴맛만 느껴졌다. 그러다 보니 비정상적인 쓴맛을 덜기 위해 평소에 찾지 않던 달달한 맛을 자주 찾게 되었다. 감기 덕에 제대로 단맛에 빠져본 것 같다 .

슈가보이라는 애칭을 가진 요리 전문가가 인기다. 사람들은 그의 손끝에서 만들어지는 간편하고 감칠맛 나는 맛에 흠뻑 빠져들어 열광한다. 생각지도 못한 지점에서 그는 설탕으로 놀라운 마법을 보여준다. 쉽고 간단한 그의 조리법 속에 비밀처럼 들어앉은 맛은 달고 강하다. 조금 걱정이 되는 부분이기는 하다.

점점 특별한 맛을 찾는 사람들이 많아지고 있다. 맛에 대한 다양한 형용사를 가진 우리나라 사람들이 기발하고 각별한 맛을 찾게 되는 것은 당연한 현상인지 모른다.

최고의 맛이 어떤 맛이든 최고의 맛을 맛보는 행복은 가장 달달한 단맛에 가까울 것이 아닐까. 사람들이 본능적으로 좋아하는 맛도 단맛이라고 한다. 양수 내로 달콤한 맛을 내는 물질을 주입하면 태아가 양수를 더 많이 삼킨다는 보고서를 읽은 적도 있다. 어쩌면 단맛을 좋아하는 것은 태생적으로 타고나는 것인지 모른다.

단맛은 유혹이다. 그래서 금기이기도 한다. 단맛은 자꾸 생각나고 쉽게 끊기 어려운 맛이어서 '중독'이라는 표현이 가장 어울리는 미각이다. 실제 단맛이 가진 중독성은 마약에 버금간다고 한다. 단 음식은 몸에 활력을 주고 기분을 좋게 만들어주지만 과할 경우에는 당뇨병이나 비만, 심혈관 질환을 일으키고 면역력을 떨어뜨려 모든 병의 원인이 되기도 한다. 행복과 설렘을 주지만 그 뒤에 숨은 독성도 그만큼 강하다. 단맛은 두 얼굴을 가진 맛이다. 행복과 불행의 맛이며, 건강과 질병의 맛이기도 하고, 영원과 찰나를 오가는 맛이기도 하다.

고양이는 그런 단맛을 느끼지 못하는 동물이라고 한다. 고양이는 다른 포유류와 달리 단맛을 느낄 때 필요한 유전자가 없기 때문이라 한다. 고양이가 개보다 날카로운 눈빛과 냉정하고 쌀쌀맞은 표정을 가진 것은 달달한 맛이 주는 행복을 모르기 때문이 아닐까.

한때 쓰디쓴 나물을 즐겨 드시던 어머니의 미각을 이해하지 못한 적이 있다. 나른한 봄날 잃어버린 입맛을 찾기 위해서는 쓴맛보다 더 좋은 맛은 없을 거라며 쓰디쓴 나물만 골라 먹었던 어머니의 입맛이 유난스럽다고 여기기도 했다. 씁쓸한 머위 쌈을 달게 드시던 어머니를 닮아 가는지 요즘은 나도 쓴 봄나물이 예전처럼 싫지 않다.

그때는 잘 몰랐다. 쓰디쓴 맛이 다한 끄트머리에 숨어있던 들큰한 맛의 정체가 무엇인지. 쓴맛 뒤의 단맛이 주는 맛이 깊고 오래가는 위로의 맛임을 지금은 알 것 같다. 쓰디쓴 머위 잎사귀들이 꽁꽁 숨기고 있다가 마지막에야 비밀처럼 내미는, 맛의 결론 같은 맛. 쓰디쓴 맛은 그 실체를 온전히 알아야 제대로 느낄 수 있는 절정의 단맛 같은 것이 아닐까 생각해본다. 쓴맛은 결국 단맛과 통하는 것이다. 그래서 옛 어른들이 좋아하던 쓴맛 속에는 고진감래의 귀한 가르침이 들어있다.

MZ세대의 청년들을 삼포, 사포, 칠포 등등으로 부른다. 많은 것을 포기하고 살아가는 힘든 세대라는 안타까운 현실을 빗댄 말이다. 그들이 감당해야하는 절망의 개수는 점점 많아지고 있다. 미묘한 입장 차이는 분명 존재하지만 사실 기성세대도 힘들게 어려움을 겪으며 살아온 세대이다. 그렇다고 지금 당장 어려운 현실의 장벽을 힘들게 넘어야 하는 청년들에게 달콤한 미래를 맛보기 위해서 억지로 쓴맛부터 맛보라 하기에는 그들이 처한 현실이 결코 녹록치 않다.

아마도 슈가보이도 고단한 현실을 버티듯 살아야 하는 그들에게 단맛이 주는 짧은 행복 정도는 억지로 외면하지 말고 즐겨보라고, 단맛의 마법을 권하는 건지 모른다.

빈두설경에 나오는 안수정등岸樹井藤의 비유담에는 나무 위 벌집에서 떨어지는 달콤한 꿀 한 방울을 받아먹으며 괴롭고 슬프고 무상하고 덧없는 현실을 잊고 사는 우리의 모습이 나온다. 당장 눈앞의 허상에 취하지 말고 어리석은 무지와 탐욕에서 벗어나 공함의 진리를 깨우치라는 가르침이다.

그러함에도 마법 같은 단맛에 끌려 중요한 맛의 가치를 외면하는 현상을 걱정스럽게만 볼 것은 아니라 생각한다. 젊은이들이 쓴맛을 피하기 위해 단맛만 찾아다니는 것은 아닐 거라 믿기 때문이다. 그러니 설탕과 초콜릿의 달달한 맛이 가진 부정적인 단면 때문에 미리 단맛을 금지하면서 숨은 쓴맛을 찾아 적응하라고 굳이 강조할 필요는 없다. 단지 쓴맛이 힘들기 때문에 무조건 피하고 함부로 뱉어내지 않기만 바랄 뿐이다. 쓴맛의 가치를 외면하는 것 또한 고양이가 단맛을 모르고 사는 것처럼 중요한 부분을 모르고 살아가는 삶이 될 수 있기 때문이다.

단맛에 쏠리는 현상에도 분명 유효기간은 있을 것이다. 그 유효기간이 부디 짧게 끝나기를 기다린다. 언젠가 또 다른 슈가보이가 나타나고 쓴맛 속에 숨어있는 최고의 단맛을 음미할 줄 아는 조리법을 개발하기를 기다린다. 그의 마법에 열광하는 맛의 신천지가 신명 나게 시작될지 모르는 일이다.

종이책의 미래

미국 작가 브래드베리Ray Bradbury는 『화씨 451』에서 종이책이 사라진 절망적인 디스토피아의 세계를 보여 주었다. '화씨 451'은 책이 불타는 온도로 「화씨 451」는 책의 소멸을 의미한다.

지금보다 모든 물자가 부족하던 시절 부산에서 학창 시절을 보낸 사람이면 값이 싼 중고 서적을 사기 위해 보수동 책방 골목을 한 번쯤 기웃거린 적이 있을 것이다. 책방 거리를 쏘다니다 원하던 헌책을 발견했을 때 헌책은 더는 헌책이 아니었다. 오롯이 나만의 '새것'이었다.

주말마다 학교 근처 도서 대여점에서 빌려 읽었던 낡은 책들은 흔치 않던 즐거움이었다. 시간에 쫓겨 미처 다 읽기 못한 채 돌려주던 세계 명작들은 내 것이 아니었기에 늘 아쉬움이었지만 보수동 책방 거리의 책들은 적은 돈으로 살 수 있는 내것이었다. 비록 중고 서적이지만 되돌려주지 않아도 되는 편안함은 덤이었다. 예전 같은 활기를 잃어가지만 가끔 근처를 지날 때마다 그 시절의 헌책이 주었던 기쁨과 설렘이 여전히 생생하다.

오래된 습벽이지만 책은 사서 읽어야 편하다. 도서관에서 책을 빌리는 일이 좀처럼 익숙해지지 않는다. 책을 펼쳤을 때 누군가 남긴 흔적을 만나면 마치 남의 집에 무단으로 침입한 것 같은 불편한 부자유를 느낀다.

주위의 눈치를 보지 않고 책 읽기의 이런저런 즐거움을 누릴 수 있게 해주는 것은 '내가 산 종이책'이다. 미리 정한 약속 없이 게으를 정도로 천천히 시간에 쫓기지 않고 책 읽기를 좋아하는 것도 책을 사야 하는 이유다. 오롯이 내 시간이 허하는 만큼 읽고, 읽는 도중에 책 속 문장에 줄을 긋거나 표식도 하고 메모를 하는 무례한 자유가 참 좋다.

점점 전자책을 읽는 사람들이 많아지고 있다. 전자책 애호가들은 종이책의 종말을 예측하기도 한다. 편리하고 경제적이라지만 전자책이 종이책만큼 읽기의 즐거움을 오감으로 느낄 수 있게 해줄까 싶다. 책장을 넘길 때마다 종이가 지닌 특유의 나긋나긋한 촉감과 손이 벨 정도로 까슬까슬한 파닥거림이 공존하는 종이책에는 전자책이 갖지 못한 은근한 중독성이 있다.

나주 불회사佛會寺에 가면 닥종이로 만든 건칠비로자나불좌상(보물 제1545호)이 있다. 고개와 등을 지그시 앞으로 숙이고 그윽하고 완만하게 아래를 굽어보는 비로자나불의 눈빛은 생불처럼 자애로움이 생생하다. 설명할 수 없는 기운이 실재인 양 느껴진다. 지권인을 한 손가락 사이로 따스하고 섬세한 움직임이 흐른다. 부산스럽던 마음이 편안하게 가라앉는다. 나중에 알게 된 것이지만 불회사 비로자나불은 닥종이에 옻칠을 해서 만들어진 것이다. 어쩌면 비로자나불의 불상에 예사롭지 않은 생기를 보탠 것이 종이가 지닌 특유의 부드러움과 따스함 때문이 아닐까 생각한다.

한지는 천 년이요, 비단은 오백 년이라는 말이 있다. 대단한 유연성과 고유의 부드러움, 넉넉하고 자유로운 기능은 종이가 지닌 우월한 장점이다. 게다가 종이의 생명력이 천 년을 간다니 종이책의 종말은 쉬 오지는 않을 것 같다. 천 년의 생명력을 지닐 종이책의 미래를 나는 굳게 믿는다.

그러나 천 년을 가는 종이의 생명력도 우리 스스로가 불지핀 '화씨 451도' 앞에서 단숨에 한 줌의 재가 되고 말지 모른다. 『화씨 451』이 섬뜩하게 다가오는 이유는 책이 사라진 절망적인 세상이 사람들이 책을 멀리함으로써 자초한 결과이기 때문이다. 점점 책과 멀어지는 한 우리도 종이책의 미래를 마냥 낙관적으로만 여길 수 없을 것이다. 종이책의 미래는 우리가 좌우한다는 것을 늘 염두에 두어야 할 것이다.

작가 브래드베리가 책이 사라진 디스토피아를 쓴 이유는 책은 결코 사라지지 않을 것이라는 희망을 말하기 위해서라고 나는 생각한다. 작품 속에 등장하는 구전으로 책의 내용을 미래에 전하려는 북피플들의 존재를 보면서 든 확신이다.

그래서 북피플의 등장이 장 큰 감동을 준다. 그들은 '화씨 451도'로 태울 수 없는 절대적 의미의 '책' 그 자체다. 스스로 책을 멀리하여 태워버리는 세상에서 스스로 책이 되기로 한 사람들, 그들이 바로 책의 미래다.

우리 국민의 독서 실태를 알아보면 이미 보이지 않는 '화씨 451도'의 뜨거운 불길 속에 있는 것 같다. 책을 사지도 않고 읽지도 않는 것은 책을 불로 태워 없애버리는 것과 조금도 다르지 않다. 전자책이든 종이책이든 책의 힘을 신뢰하는 사회는 그 자체로 이미 진리가 된다는 말을 다시 한번 되새겨 본다.

책꽂이에서 먼지 쌓인 책을 꺼내 든다. 먼지를 쓸어내고 책장을 넘기자 고물고물 기어가는 작은 움직임이 보인다. 책벌레다. 작은 벌레들도 책이 좋아서 아예 책 속에 집을 짓고 들어앉는데 우리는 자꾸 책과 멀어지고 있다.

늦었지만 지금부터 '화씨 451도'의 불길이 남겨둔 작은 불씨라도 모조리 찾아내 꺼야 한다. 불은 끄는 일보다 더 중요한 것은 꺼진 불도 다시 되돌아보아야 하는 것이다.

무언가에 미친다는 것

'미친다'는 표현을 할 때가 있다. 아타리 창업자인 놀런 부시넬은 '미쳤다'고 수군거림을 받는 사람 중에 오히려 독창적인 아이디어를 가진 사람이 많다고 한다. 창의적인 사람과 미친 사람은 종이 한 장 차이인지 모른다.

리투아니아를 여행할 때였다. 고성 박물관에 전시된 고색창연한 보드게임을 본 적이 있다. 아는 만큼 보이는 것인지 아기자기한 소품들이 보드게임의 하나라는 걸 대번에 알아보았다. 보드게임이 취미벽을 넘어 삶의 중심이 되어가고 있는 아들 덕에 생소하던 보드게임에 대해 절로 알게 된 때문이다.

헤르만 헤세는 나비예찬론자다. 「나비」를 읽으며 그가 엄청난 나비수집가이고 나비애호가라는 걸 짐작할 수 있었다. 자전적 성장소설인 「공작나방」에서는 나비에 미치듯 몰입했던 어린 헤세를 만날 수 있다. 극단적 수집가는 수집 대상과 자아를 동일시하는 경향이 있다고 한다. 「공작나방」를 읽는 내내 극단적인 수집벽이나 취미벽을 가진 사람들은 수집 대상에 대하여 얼마나 깊숙이 몰입을 하는지를 알게 된다. 어쨌든 미친 듯 몰입하는 남다른 열정 앞에는 막연한 경외심을 가질 수밖에 없다.

무언가를 열정적으로 수집한다는 것 자체가 무언가에 미치는 일이다. '어느 책 중독자의 수다'라는 부제를 단 『책사냥꾼』은 책 수집가였던 존 백스터가 쓴 책이다. 수집이라는 말 대신 선택한 사냥이라는 말에서 강하고 저돌적이고 필사적인 낌새를 느낄 수 있을 것이다. 책에 대한 미치도록 과한 소유욕과 애착에 관한 일화보다는 기를 쓰고 수집한 그레이엄 그린의 책이 어느 날인가 불현듯 무겁게 다가오기 시작하자 그린의 책을 처분하기로 한다는 부분이 개인적으로 가장 인상적이었다. 집착과 집착에서 빠져나오는 것 또한 미치지 않고는 할 수 없는 일인지 모른다는 생각을 했다.

대학을 다닐 때 오랫동안 희귀한 고서를 찾아 수집하던 학과 교수님이 있었다. 그 선생님의 고서 사랑은 특별했다. 연구실과 자택의 서가에 엄청나게 꽂혀 있던 고서적은 책을 좋아하던 내게도 큰 중압감을 주었다. 그런데 오래된 고

서들은 시간이 축적한 아름다움과 창연한 기품을 지니고 있었다. 따끈따끈하고 싱그러운 잉크 냄새가 더 좋은 나는 고서에서 풍기는 오래된 냄새를 완전히 좋아할 수는 없었다. 어딘지 모를 숙연한 위엄과 책장 사이로 새어 나오던 묵은 냄새 속에 묵은 시간이 축적한 피로감도 부담스러웠기 때문이다.

나는 켜켜이 쌓인 것을 보면 답답함을 느낀다. 좋아하는 것도 쌓일 정도가 되면 부담스럽다. 어떤 것이든 쌓이고 쌓이다 보면 투명성을 잃고 무겁고 어두워지기 십상이다. 쌓인다는 것은 욕망의 과도한 축적이다. 더 지나치면 부패의 과정을 겪고 악취를 피울 수도 있을 것이다.

모든 일이 그렇듯 적절함의 경계를 지키며 중도를 걷는다는 것이 쉽지는 않다. 지금껏 끈질기게 한 분야를 파고들거나 빠져본 적이 거의 없는 탓에 무언가를 열심히 모으고 정리하고 보관하고 끝까지 지키는 일을 좋아하지 않는 편이다. 끈기를 요하는 일이 내게는 마치 벅찬 중노동처럼 여겨진다. 그러니 무언가에 미치듯 빠져있는 사람들을 이해하는 것도 쉽지 않다. 그런 내가 아들의 남다른 수집벽을 옆에서 응원하는 것 또한 쉽지는 않아서 적지 않은 갈등을 겪기도 한다.

아직도 아들의 남다른 수집벽을 다 이해하지는 못하지만 무언가에 미칠 줄 아는 사람은 그렇지 못한 사람보다 남다른 행복을 알고 있는 사람이 아닐까 생각하려 한다. 미치는 순간의 행복을 경험한 사람은 그렇지 못한 이보다 또 다른 행복을 찾는 일에도 적극적으로 용기를 낼 수 있으리라 믿는다.

아침이면 제법 코끝이 시리다. 한겨울의 길목을 지키고 서 있는 붉은 잎을 단 남천나무들을 바라본다. 꽃보다 붉고 화사한 잎사귀 몇 개만 달고도 아직도 반짝반짝 빛이 난다.

조만간 남은 몇 개의 빛나는 순간들과 마저 결별하기 위해 지금 나무는 미치고 있는 중인지 모른다. 미치듯 햇살을 모으고 바람을 모으고 땅의 기운을 모으고 또 모아 다음을 위해서 마지막 떨켜를 완성하고 있는 나무들, 온전히 생의 절정에 올랐다. 온몸에 돋은 나무의 떨켜는 미침의 절정이다. 미침의 절정에 이른 나무는 머잖아 모든 것을 편안하게 내려놓을 수 있을 것이다.

이런저런 생각들이 아들을 향한 나의 걱정과 불안을 덜어준다. 나무를 바라보면서 과연 나는 언제 어디에서 어떠한 미침의 절정에 이를 수 있을까. 그곳에 나만의 단단한 떨켜를 마련할 수 있을까. 때늦은 궁리를 해본다.

곰곰 돌아보니 내게도 버리지 못하는 나만의 습벽이 있다. 불필요하다고 여기는 물건을 오래 두지 못하고 아주 쉽게 폐기하는 버릇이다. 가끔 버리지 말아야 했을 것마저 버리고 낭패를 겪을 때도 많다. 무엇이든 쉽게 버리는 나의 습벽도 아들의 수집벽 못지않게 미친 습벽이 아닐까. 유별난 수집벽을 가진 아들과 유별난 수집 기피벽을 가진 내가 서로의 습벽을 이해하고 그간의 오해를 완전히 퉁칠 수 있기를 기대한다.

난해하고 남다른 취미에 몰입하는 사람일수록 잠재력이 큰 인재일 가능성이 크다고 한다. 독특한 취미가 있는 사람은 지식과 견문을 넓히는 열정으로 자신의 한계를 극복할 수 있다고도 한다. 위로가 되는 말이다.

겨울이 오는 길목에서 무수한 떨켜를 만드는 나무의 지혜로움을 다시 생각한다. 지금보다 좀 더 단단해진 다음을 완성하기 위해 무언가에 미치듯 잠시 빠져보는 일도 나쁘지는 않을 거라고, 나에게 미친 주문을 걸어본다.

텅 빈 가지마다 도드라진 떨켜가 유난히 단단해 보이는, 겨울로 가는 초입에서 성급하게 봄을 기다리는 것도 미친 것이 아닐까.

매서운 눈바람이 몰아친다. 메마른 무간의 사막이 끝도 없이 펼쳐진다. 혹한의 빙하기가 다가온다는데 세상은 모든 걸 다 태워버릴 것처럼 뜨겁다. 누렇게 말라가는 시간의 끝에서 '바그다드 카페'를 발견하는 작은 기적에 대해 생각한다.

사막이 아름다운 이유가 어딘가 오아시스가 있어서라면 우리에게 남겨진 마지막 오아시스는 어디에 있을까. 아마도 마지막 오아시스를 찾을 때까지 오아시스가 있다는 희망을 버리지 않는 것이 언제나 오아시스에 머무는 길인지 모른다.

희망이 사라진 듯 혼탁한 먼지뿐인 바그다드 카페에서도 작은 기적이 오기를 간절히 희망했기에 잃어버린 희망을 다시 찾아올 수 있지 않았을까.

사막 한가운데에 부서져 가는 카페가 있다. 커피머신은 오래전에 고장 난 채 노랗게 모래먼지를 뒤집어쓰고 있다. 희망이 사라진 바그다드 카페, 시간이 정지된 그곳에는 끈적끈적하고 불쾌하고 후덥지근한 절망이 흐른다. 어두운 창가에 걸터앉은 햇살마저 푸석하고 무표정한 눈빛이다.

그곳에 낯선 이방인인 야스민이 찾아온다. 남편에게 버림받은 그녀와 무능하고 게으른 남편을 쫓아내고 먼지 쌓인 카페를 지키는 듯 지키지 않는 여주인 브렌다, 너무 다른 두 사람. 소통할 수 없는 그들은 서로에게 기적처럼 마음을 열고 진심으로 소통한다. 아무것도 이루어지지 않을 것 같았던 바그다드카페에서 그들은 절망을 희망으로 바꾸는 작은 기적을 만들어간다.

영화의 시작과 끝을 관통하며 〈calling you〉가 흐른다. 흐르는 강물처럼 멈추지 않는 노래. 기적을 부르는 매직의 메시지 같은 노래다. 영화가 끝난 뒤에도 한참을 침묵 속에 빠져 자리에서 일어서지 못하게 하던 노래의 울림은 엄청나다.

삶은 무수한 성공 가능성과 무수한 실패 가능성을 동시에 안고 있다. 그러함에도 나는 승리와 성공을 간절히 원할수록 먼저 실패의 가능성으로 배수진을 친 후에 삶을 바라본 적이 많다. 어설픈 희망이 오히려 삶을 더 힘들게 할 수 있다고 오지 않은 내일의 가능성을 믿는 것을 두려워했다.

기적과 희망은 내게는 부담의 또 다른 동의어였다. 희망을 갖는 일이 위안보다는 버거운 짐처럼 무거웠다. 설익은 희망이 뒤통수를 후려치며 혹독한 절망이 될 것을 이미 예측하느라 미리 절망하곤 했다. 희망의 뒤 끝에 올 것들이 완전한 실패라고 인정하는 순간이 가져올 절망보다 크고 두려웠다. 희망은 우리를 고문하기만 하는 불필요한 것이라고 확신하며 살았다.

불가능한 기적을 희망하느라 끝내 더 깊은 절망의 나락으로 떨어질 때가 많다. 그래서 희망은 삶의 비극이 될 때가 많다. 판도라의 가장 큰 죄는 판도라의 상자를 열어버린 것이 아니다. 마지막까지 희망을 볼모로 하여 우리를 힘들게 고문하는 것이 원죄이다. 불가능에도 기적이라는 유혹의 덫을 놓아 부질없는 희망을 갖게 만드는 것, 그것은 희망이 우리 삶에 깊숙이 깔아놓은 무책임한 복선이다.

그러함에도 나는 부조리의 기적을 믿는다. 나는 판도라의 상자를 열 때가 올 거라는 믿음을 감추고 있다. 불가능한 기적을 희망하는 불안과 두려움을 과감히 벗어던지고 기적이 간절한 부름에 응답할 때까지 기적을 불러야 한다고 아무도 눈치채지 못하게 소리 없이 도닥이곤 한다 .

기적은 기다리던 기적이 완성되는 순간 더는 기적이 아닐 수도 있으므로 기적에 대한 과도한 불신을 먼저 덜어보기로 한다. 기적의 허방을 두려워 말고 목을 놓고 기적의 이름을 불러보기로 한다. 부르는 동안 기적의 가능성은 점점 유효해질 것이라는 숨겨진 믿음을 다지는 중이다. 기적을 믿을 수 있어야 기적을 소리 내 부르며 끝까지 기적을 기다릴 수 있다.

강한 것들은 더 강한 부름 앞에 놓이면 한없이 유순하고 약해지기 쉽다. 흔들리지 않는 이구동성의 일치된 힘 앞에서 절대로 움직이지 않겠노라고 고집을 부리던 기적도 버티던 힘을 잃고 흔들리는 것이다. 마침내 백기를 들고 만다.

까마득한 옛날부터 기적은 많은 사부대중의 간절한 부름이 불러낸 것이다. 우리도 해가사나 구지가의 이적처럼, 혼자가 힘이 들면 둘이서 또 여럿이 모두 함께 하나로 기적의 이름을 불러볼 일이다.

I am calling you. Can't you hear me. I am calling you.

씻은 듯 지난 과오를 덮어줄 크나큰 기적, 곪을 대로 곪아 터진 상처를 말끔하게 낫게 해 줄 치유의 기적, 팥으로 메주를 쓴다 해도 군더더기의 의심조차 갖지 않을 확고한 믿음의 기적, 여기와 저기의 허튼 경계가 사라지고 새로운 경계 앞에 당당히 설 수 있는 기적 같은, 기적을 기어이 보고 말리라는 간절함이 희망의 새로운 이름이다.

판도라의 상자는 판도라가 우리에게 남긴 마지막 축복이라고 여기자. 기적을 희망하는 일은 더는 가혹한 고문이 아닌 함부로 넘볼 수 없는 용기인 것이다. 판도라의 상자가 우리에게 아직 남아있다는 것은 그래서 다행스러운 기적이다.

간절하게 기적의 이름을 불러보자. 기적의 또 다른 이름을 간절히 희망하는 한 기적은 기적처럼 찾아올 거라고 믿는다. 기적처럼 기적이 응답할 때까지 강력한 주문을 외쳐보자. calling you.

3부

길의 이름을 묻는다

말문 닫은 길에게 이름을 묻는다.

긴 침묵과의 불환전한 화해 위에 놓인 대답을 듣는다.

가지 않은 길

'가지 않은 길'과 '가지 못한 길'은 끝내 나의 것이 되지 못한 길이다. 미완으로 남은 '길'들이다. 아마도 '가지 않은 길'이 '가지 못한 길'보다 더 안타깝고 아쉬운 것일 수 있지만 가지 않은 것과 가지 못한 것의 차이는 모호하다. 그 모호함이 '가지 않은 길'이나 '가지 못한 길'을 나의 길이 아니라고 쉽게 단정할 수 없게 만든다.

프로스트는 「가지 않은 길」에서 '그 길'을 걸었기에 내 삶이 달라졌다고 했다. 가지 않았거나 가지 못했던 길 또한 내 삶을 달라지게 했을 또 다른 길이었으리라.

가지 못했거나 가지 않은 길들. 그 길들은 빠르고 넓고 탄탄한 길만을 찾아 헤매느라 외면하고 지나친 길일 수도 있었으리라. 어쩌면 강을 지나 넓은 바다에 이를 수 있는 최적의 지름길일 수 있었거나 도중에 끊어지거나 막혀 길 아닌 길이 되었을지 모르는 길이다. 때론 의도하지 않은 엉뚱한

샛길에서 맞닥뜨린 뜻밖의 길이었을지도 모른다.

지금껏 제 길을 찾아 잘 걸어간다고 여겼던 딸아이가 다시 갈라진 길 앞에서 초조하게 망설이고 있다. 「가지 않은 길」의 시적 화자는 사람들이 적게 걸어간 길로 걸어갔고 그 때문에 많은 것이 달라졌노라고 했다. 길의 조용한 강요 앞에 선 딸이 남들이 이미 걸어가며 다져놓은 편한 길을 선택한다고 걱정과 두려움이 없지는 않을 것이다.

가야 할 길은 많고 멀다. 때론 쉬어야 다시 갈 수 있다. 이제껏 걸어온 길을 돌아보며 시행착오를 수정할 수 있다. 지금껏 걸어오던 길을 멈추고 쉼의 길로 들어선다고 시간과 삶을 낭비하는 것은 아니다. 다시 생각하는 시행착오는 다양한 경험이 주는 도약과 발전의 기회이다.

쉼표 또한 길이다. 쉼표는 포기와 패배가 아닌 새로운 시작의 디딤대다. 받아들이기까지 시간이 더 필요할지 모르지만 부디 다시 선택할 길이 내 삶을 달라지게 했다고 말할 수 있는 길이길 바란다.

새로운 선택 앞에 선 딸에게 쓰라린 실패는 물론이고 성공이라 여겼던 달콤한 안주마저 깨끗이 지우고 버릴 줄 아는 용기를 가지라 말하고 싶다. 가지 않았거나 가지 못했던 길에 대한 아쉬움과 후회도 소중한 깨달음이 될 것임을, 그래서 남은 삶을 후회 없이 변화시킬 수 있는 것임을 깨닫기 바란다.

파스칼 키냐르의 소설『빌라 아말리아』의 주인공 안은 또 다른 길의 선택 앞에서 철두철미하게 과거와 현재의 길을 지운다. 그리고 한 번도 걸어간 적 없는 새로운 길을 향하여 용감하게 걸어간다.

우리는 익숙해진 하나의 삶을 고집하며 살기 때문에 새로운 길을 갈망하면서도 그 앞에서 오래 망설이고 많은 갈등을 겪는지 모른다. 우리 내면에 버티고 있는 '삶을 불행하게 만드는 수동적 고집의 본성'을 깨닫는 순간 우리 앞에는 새로운 길의 선택이 활짝 열린다. 그 길을 서슴없이 가 볼 일이다. 안이 운명과도 같은 '빌라 아말리아'를 만난 것도 안이 오래 지니고 살았던 '수동적 고집'을 버릴 수 있었기 때문이라 생각한다. '빌라 아말리아'는 안에게 단순히 공간으로서의 집을 의미하는 것이 아니다. 고집스러운 내면의 틀을 깨고 이전과 달라지기 위한 새로운 각성의 기회인 것이다. 이전과 전혀 다른 그 길은 안이 스스로 선택한 안의 길이다.

밤새 강풍이 불고 화려했던 벚꽃이 짧고 찬란하던 착각처럼 지고 있다. 늘 지나다니던 길 건너편에 낡은 빌라 한 동이 있었다는 걸 몰랐다. 작은 빌라 한 동을 생소한 발견처럼 바라본다. 떨어지는 꽃을 배경으로 도시의 매연에 절어있는 그 빌라의 이름은 소망이었다. 소망의 겉모습이 어떻든 그 집은 줄곧 하나의 소망을 향해 걸어 왔으리라.

웅크려 앉은 채 작고 초라한 그 집은 여전히 소망이라는 낡은 이름표를 달고 쇠락해 가는 미소를 짓고 있다. 이제 그 미소 속에는 소망을 이루지 못한 애잔한 아쉬움보다는 지고 가기에는 너무 힘든 소망의 무게를 내려놓은 편안함이 있다. 이층 베란다에는 낡고 빛바랜 티셔츠가 헐렁해진 소망의 끝자락을 붙들고 힘겹게 펄럭이고 있다. 벚꽃이 지고 있는 속절없는 봄날을 닮은, 낡아가는 소망도 그런대로 아름답다.

지나온 길에 대한 이런저런 회한을 다 내려놓지 못한 내 어깨는 여전히 무겁고 아픈 통증에 시달리고 있다. 버려야 할 때 제대로 버리지 못한 것들 위로 고집불통의 통증이 단단하게 굳어가고 있다. 통증은 어깨에서 온몸으로 깊숙이 뚫고 들어와 켜켜이 쌓여간다. 버릴 수 있을 때 버려야 또 다른 길이 열린다고 속삭이던 통증이 이제는 제발 버리라고 고함을 지른다.

아마도 딸도 새로운 길을 나서기 전에 버려야 할 길을 골라 버릴 줄 아는 용기를 낼 수 있을 거라고 믿는다. 새로 선택할 길이 아무도 걸어간 흔적이 없는 덤불이 우거진 길이라 해도 그 길의 끝에서 운명처럼 기다리고 있을 '빌라 아말리아'를 발견할 거라 믿고 싶다. 먼 훗날 가지 않은 길과 가지 못한 길이 있었기에 나는 새로운 길을 발견했노라 말할 수 있기를 바란다.

어디선가 숲속에 두 갈래 길이 있었다고, 나는 사람이 적게 간 길을 택하였다고, 그리고 그것 때문에 모든 것이 달라졌다고, 그리 말할 수 있기 바란다.

뜸 들이기

기어이 압력밥솥이 문제를 일으켰다. 오랫동안 사용하지 않아 선반 맨 윗간에 둔 알루미늄 냄비를 꺼내 저녁밥을 짓는다.

어머니는 밥을 지을 때마다 적절하게 뜸을 들이는 일에 오래 공을 들였다. 깊은 밥맛이 뭉근히 쌀알에 스며들 때까지 불기를 낮추고 천천히 뜸이 들기를 기다렸다. 묵직한 솥 안에서 뜸이 잘 든 밥은 향기부터 다르다. 없던 식욕도 부추기곤 했다.

뜸 들이는 일에 자신은 없지만 미리 쌀을 충분히 불린 후 냄비에 물을 넉넉히 붓고 가스불을 켠다. 가스불이 냄비 바닥을 금방 태워버리고 말 듯 펄럭인다. 거세고 성급하게 춤을 춘다. 미처 쌀알이 익기도 전에 맛있는 밥물이 우르르 끓어 냄비 밖으로 넘쳐버린다.

아무래도 가스불과 서로 합이 잘 맞는 것은 압력밥솥 쪽이다. 가스불과 압력솥은 둘 다 성질이 급하다. 후루룩 시간을 말아먹듯 순식간에 밥을 지을 수 있으니 편리하기로는 최고다. 천천히 공들여 뜸 들이는 기다림이 없이도 빠르게 밥알이 고루 익는다. 쉽고 빠르게 밥을 짓던 압력밥솥을 쓰지 못하고 냄비로 밥을 지으려니 어설프고 답답하다. 그래도 생각보다는 밥이 설거나 타지는 않았다. 느긋이 뜸 들이는 시간을 기다리지 못하고 성급히 냄비뚜껑을 여러 번 여닫은 탓에 쌀알이 미처 익지 않은 부분은 꾸덕꾸덕 설익은 듯하다. 촉촉하지 않고 설익은 밥에서 구수한 밥내가 나지 않는다.

밥맛을 뜸 들이는 시간은 맛있는 밥이 되기까지 쌀의 오작동을 꾹 눌러서 맛의 마지막을 완결하는 시간이다.

설익어 불편했던 기억들도 뜸이 들기를 기다려주면 잘 지은 밥처럼 걸림 없이 부드럽게 삼킬 수 있게 될까. 새까맣게 눌어붙은 기억들은 뜸 들이는 시간에 너무 욕심을 냈던 탓이 아닐까. 내 심장 깊숙한 곳에 설익은 채 썩어가는 것들과 지나친 욕심으로 엉긴 화근내의 이유를 새삼 생각해 본다. 새까맣게 속을 태워 아예 정체불명이 된 노여움도 늦게라도 뜸을 들이며 기다려주면 시남시남 잦아들 수 있을까.

전남 장흥군 '천관문학관'에는 우체통 두 개가 나란히 서 있다. 각각 '느린 우체통'과 '소망 우체통'이다. 느린 우체통에 넣은 엽서들은 일 년 후 또는 연말연시에 수신인의 주소로 보내진다. 자신과의 약속, 전하고 싶었지만 하지 못했던 말, 오래 묵혀둔 그리움의 안부, 사무치게 보고 싶어도 볼 수 없는 곳으로 떠난 이들에게 미처 하지 못했던 말을 풀어낸 글들이 대부분이다.

우체통 속에서 뜸이 잘 든 사연들은 기다림으로 숙성시킨 진심일 것이다. 무엇이든 빠르고 편리하기만을 원하는 사람들에게 뭉근하게 기다림의 불씨로 뜸 들인 시간은 뜻밖의 여유를 줄 것이다. 삶이 설익거나 타버리지 않게 기다림에 에 익숙해지는 법을 생각할 기회를 줄 수 있을지 모른다.

영화 〈5일의 마중〉 속 주인공들은 각자의 방식으로 서로를 기다린다. 어느새 기다림이 일상이 되어가는 그들에게서 오랜 기다림이 주는 권태로움은 찾을 수 없다, 그들의 '기다림'은 뜸이 잘 든 사랑의 실체를 보여주기 위한 적절한 장치 같다.

남편인 옌스는 매달 5일이 오면 아내의 기억이 되돌아와 자기를 알아보길 바라는 마음으로, 아내 펑완위는 힘들었던 기억을 다 잊고 남편의 얼굴마저 잊었지만 막연한 존재감으로 남아 있는 그와의 약속은 잊지 않고 그가 돌아오리라 믿는 마음으로 기차역으로 나간다. 두 사람은 각각이면서 함께이다. 그 간극을 기다림이라는 공통 분모가 꽉 붙들고 있다.

그들의 기다림은 미처 뜸 들기 전에 멈추어버린 지난날의 설익은 아픔을 다시 뜸 들이는 시간이다. 기다리는 일조차 기다림이라 생각하지 않게 뜸이 든 기다림의 끝에서 그들은 어떤 시간을 함께 맞이할까. 그들의 나머지 삶은 함께이지만 함께가 아닐 수도 있을 것이다. 영화는 설익거나 과하게 억지스러운 감동을 강요하지 않는다. 기다리는 역사를 배경으로 쉬지 않고 펑펑 쏟아지는 눈물방울 같은 함박눈은 천천히 뜸이 든 기다림이 주는 감동을 충분히 느끼게 한다.

뜸 들기를 기다리는 일은 시간을 버리는 것이 아니라 또 다른 시간을 얻는 일이다. 바쁘게 살다 보면 뜸이 잘 든 밥 한 그릇이 주는 행복을 하찮게 여길 때가 있다. 그래서 불필요한 군불을 제때 끄지 못해 밥을 태우기도 하고 급하다고 서두른 탓에 설익고 거친 밥을 꾸역꾸역 삼켜야 할 때도 있다. 모두 뜸의 시간을 건너뛴 탓이 아닐까. 잘 익어 구수하고 향기 나는 삶을 위해 잠깐만 시간을 붙잡고 기다리고 싶다.

고장 난 솥 덕분에 잊고 있던 어머니의 밥 짓기를 따라 해본다. 압력밥솥 수리가 끝나기를 기다리며 냄비로 밥을 지을 때만이라도 뜸 들이는 불 조절 법을 제대로 익혀볼 작정이다. 뜸 들이기에 익숙해질 수 있는 좋은 기회일지 모른다.

내일은 어제보다는 조금 더 뜸이 잘 든 밥맛을 볼 수 있지 않을까 기대한다.

알고 짓는 죄와 모르고 짓는 죄

브레이크가 고장 나 멈추기 힘든 전차를 몰고 있다면 인부 한 명이 일하는 선로와 다섯 명이 일하는 선로 중 어디로 몰고 가는 것이 옳은 것일까? 조난을 당해 오랫동안 굶주린 선원들이 제일 약한 소년을 잡아먹었다면, 그 행위는 도덕적으로 용납할 수 있는 것일까?

마이클 샌델 교수의 저서『정의란 무엇인가』가 한국 사회에 '정의' 열풍을 불러일으킨 적이 있다. 샌델 교수는 해결하기 힘들고 까다로운 도덕적 딜레마 앞에서 우리가 택한 선택이 과연 정당한 것인지를 끊임없이 질문한다. 묻고 답하고 다시 이어지는 질문들은 끝이 없다. 모두가 납득할 수 있는 결론이나 정답은 없다. 끝없는 토론의 과정을 통해 스스로 깨닫고 수긍할 수 있는 각자의 답을 찾는 일이 간단하고 쉬운 일은 아니다. 쉴 새 없이 이어지는 질문과 답에 판단을 내리는 일은 끝없는 도돌이표의 늪에 빠진 것처럼 헤어 나오기 어렵다.

그리스왕 밀린다Milinda와 비구 나가세나Nagasena 사이에 오고 간 대화를 엮은 밀린다왕문경도 그렇다. 영혼과 윤회, 선악과 업보 등의 개인적인 문제에서 해탈과 열반에 이르기까지 어려운 불교적 궁금증을 질문과 답변의 과정을 통해 좀 더 쉽게 접근할 수 있게 해주는 경전이지만 완전히 공감하며 이해하기는 쉽지 않다. 그러고 보면 삶 속에 부딪히는 여러 딜레마를 풀어가는 토론의 원조는 어쩌면 밀린다왕문경일지도 모르겠다.

얼마 전 오랜만에 만난 대학 동창들과 차담을 나눈 적이 있다. 비가 촉촉하게 내렸고 우리 일행 말고는 아무도 없는 찻집의 아늑한 분위기가 우리들을 한없이 느슨하게 만들었는지 이런저런 지난 얘기들이 스스럼없이 오갔다. 오랜 시간을 거슬러 얽히고설킨 실타래를 풀듯 각자의 기억들을 이어가는 일은 다시 매듭과 매듭으로 기억들을 꼬아 결코 풀기 힘든 일로 만들기도 한다.

지나간 기억들은 각자의 기억 속에서 번외의 드라마처럼 변용이 되기 일쑤다. 그간 격조한 시간이 길었고 서로의 거리가 멀었던 만큼 지나간 이야기들은 더 다양하게 변주된다. 시간과 장소의 거리에 비례하여 기억은 기록의 객관성을 잃고 공통의 방향을 찾는 것에 실패하기 마련이다.

기억의 공통 분모를 찾아낸 후 그것을 서로 인정하고 나면 개인적인 각각의 기억들은 분자의 크기가 큰 쪽으로 기울기 마련이다. 그것은 닮은 듯 다른 각자의 기억들이 모두의 기억으로 공인되는 순간인 것이다.

그런 순간 앞에서 각각의 닮은 듯 다른 기억들은 서로 의기투합하며 편을 짜고 뭉친다. 모호하던 지난 기억들의 조각과 조각들은 공통 분모를 중심으로 다시 하나로 뭉친다. 모두의 기억으로서 새롭게 확고한 자리를 잡는다. 그러면 나머지 애매하고 불확실한 그런저런 기억들은 새롭게 자리 잡은 모두의 기억 앞에 수긍하는 척 고개를 끄덕이게 된다. 같은 듯 다른 각자의 기억들은 그렇게 하나로 정리가 되는 것이다.

그날 우리도 그런대로 서로의 조각난 기억들을 애써 끼워 맞춰가면서 지난 시간들의 공통 분모를 열심히 찾으며 훈훈한 분위기를 이어갔다. 그런데 그날 한 친구와 나의 기억이 전혀 공통분모를 찾지 못하고 서로 팽팽하게 맞서게 되었다. 그 친구의 기억이 정확하다면 나는 그 친구에게 엄청난 실수를 하였음에도 지금껏 모르고 살아온 게 되어버려 적지 않은 충격을 주었다. 친구의 기억으로는 대학을 갓 입학했을 무렵 내가 그 친구에게 단체소개팅을 권했다고 한다. 엄청난 폭우를 뚫고 강의실까지 찾아온 내 부탁을 거절할 수 없어 나간 자리에서 친구는 지금의 남편을 만났다고 한다. 그간 남편과 친구는 좀 무겁게 살았다고 했다. 다툼이 잦을 때마다 그날의 소개팅이 떠올랐고 그 소개팅을 주선한 나를 떠올렸다는 이야기였다. 당황스러운 것은 그럼에도 그가 말한 이야기들이 내게는 조금도 기억나지 않는 기억이었다는 것이다.

시간이 제법 지나간 탓에 친구는 가볍게 지난 일을 얘기했지만 집으로 돌아오는 내내 나의 마음은 기억하지 못하는 그날의 시간으로 돌아간 것처럼 찜찜하고 힘들었다. 지나치게 넓은 오지랖 때문에 의도치 않게 남의 인생에 끼어든 걸 여태껏 모르고 살았다니. 이미 지난 일이라 해도 아무렇지도 않게 넘기기는 쉽지 않았다.

"대왕이여, 당신은 어떻게 생각하십니까? 지글지글 끓고 펄펄 끓고 뜨거운 불꽃이 치솟는 쇳덩어리를 한 사람은 모르고 잡았고 또 한 사람은 알고 잡았다면 어느 쪽이 더 심하게 손을 데겠습니까?"

"존자여, 모르고 잡은 사람이 손을 더 심하게 델 것입니다."

"대왕이여, 그와 마찬가지로 모르고 악을 저지르는 사람의 재앙이 더 큽니다."

"잘 알겠습니다. 존자 나가세나여."

알면서도 짓는 죄와 몰라서 짓는 죄 중에 어느 죄가 더 무거운가. 밀린다왕과 나가세나 존자의 대화다. '죄'라는 무거운 낱말 대신 가볍고 일상적인 '실수'라고 해도 마찬가지일 것이다. '알면서도 그럼에도~'보다 '전혀 몰라서 그래서~'가 더 결정적인 죄가 된다는 것이다. 알고 짓는 죄보다 모르고 지은 죄의 과보가 더 크고 무거운 이유는 무지함의 죄에다가 모르기 때문에 계속해서 또 똑같은 잘못을 되풀이하는 죄를 보탤 것이기 때문이다.

그날 돌아오는 내내 마음이 무겁고 불편했던 것은 기억나지 않는 기억 앞에서 기억의 접점을 찾지 못해서가 아니었다. 나도 모르게 행한 실수와 잘못이 '몰라서'라는 이유로 결코 가벼울 수 없다는 생각에서 벗어날 수 없었기 때문이다. 모르니까 되풀이하는 줄도 모르고 되풀이하며 살아왔을, 반복하여 저질렀을 똑같은 나의 잘못과 실수를 돌아보니 부끄럽고 우울했다.

너무 몰라서 '몰랐다'는 말을 쉽게 되풀이하며 죄인 줄도 모르고 짓게 되는 죄는 죄인가 아닌가. 나 역시 '몰랐다'는 말이 면죄의 기회를 얻는 것이라고 생각했기 때문에 '몰랐다'는 말을 쉽게 하며 살았다. 여전히 '모르는' 죄들을 면죄의 변명으로 내세울 것인가. 생각 없이 변명으로 둘러대던 '몰랐다'는 말이 예전보다 훨씬 무겁게 다가온다.

그날 집으로 돌아오는 동안 두 손이 화끈거리고 따가웠다. 뜨거운 불이 치솟는 무쇠 덩어리를 덥석 잡은 것처럼 손바닥이 쓰라렸다.

토종을 그리다

오래 묵정밭이었던 마당을 새로 정리하고 깔끔하게 잔디를 깐 지인의 집을 다녀왔다. 고운 잔디가 펼쳐진 뜨락은 아름다웠지만 금단의 구역처럼 조심스러웠다. 이전의 묵정밭에는 이름 모를 토종의 꽃과 풀들이 얼키설키 어울려 절로 피었다 지곤 했다. 자연의 시간이 축적한 편안하고 소박한 아름다움이 있었다.

작은 집 마당에 사시사철 이름 모를 잡풀들이 꽃보다 지천이다. 풀과 나무의 이름을 모르는 것이 아는 것보다 더 많으니 뭉뚱그려 잡풀이라 부른다. 집이 있기 훨씬 전부터 빈터를 지키며 대대로 일가를 이루며 살아온 것들이라 추측만 할 뿐이다.

지난봄에 친구 부부가 잡풀이 유독 심한 집 둘레에 지피성을 가진 송엽국을 잔뜩 심어주고 갔다. 잡풀보다 더 강인한 지피력을 가졌다는 송엽국도 짜고 거친 바닷바람에 맞서

싸우는 것이 힘들었나 보다. 꿋꿋이 고개를 쳐드는 바다풀 사이로 수줍고 작은 얼굴이 보일 듯 말 듯 애를 태웠다. 고만고만하게 자라 큰 변화를 보이지 않는 송엽국을 지켜보는 일은 내게도 힘들어 안쓰러웠다.

풀들이 겁나게 성성해지는 여름이 시작되면서 안간힘을 쓰며 고군분투하던 송엽국은 하루가 다르게 자라나 무성해진 잡풀 사이에서 아예 자취를 감추고 찾기 힘들어졌다. 강인한 생명력을 가진 송엽국도 오래 터를 잡은 토종의 잡풀이 가진 오기 앞에서 완전히 손을 들고 기권 패를 당한 셈이다.

송엽국과 바다 잡풀의 생태적 분류가 토종인지 아닌지는 중요하지 않다. 하나가 하나를 저리도 무참하게 내칠 수 있다는 사실에 그냥 화가 났다. 콘크리트 마당의 후미진 구석까지도 끈질기게 뿌리내리는 바다풀을 마냥 고운 시선으로 볼 수는 없었다.

바다풀의 입장에서 보면 나의 생각은 이해할 수 없는 억지며 횡포인지 모른다. 달리 생각해 보면 작은 틈새에도 끈질기게 뿌리를 내리는 잡풀들의 정체가 무엇이든지 내 집 마당을 꿋꿋이 지키는 한, 바다풀 역시 내 집 마당 안에 터를 잡고 가계를 이어가는 제 나름의 토종이 아닐까. 토종은 흔들리지 않는 역사를 꿋꿋하게 지키는 것에게 붙일 수 있는 이름이라면 그들도 토종으로 불릴 만하다.

토종들은 틈새 공략의 달인이기도 하다. 보이지 않는 틈새를 귀신같이 잘도 찾아낸다. 토종이 가진 필사적인 노력 앞에 오히려 주인장이 모셔 온 잔디나 송엽국은 굴러온 객이 되어버리고 마는 것이다. 텃세가 지나치다 하겠지만 어떤 것도 허락지 않을 듯한 완강한 고집은 모든 것을 걸어야 지킬 수 있는 토종의 달인만이 지닐 수 있는 긍지이고 자존심 같은 것인지 모른다.

송엽국마저 내친 잡풀과 잡꽃 사이에서 단단하게 뿌리를 내릴 수 있는 품종을 수소문하다가 무궁화를 알아보게 되었다. 흔히 무궁화는 진딧물이 많아 키우기 힘들고 지저분하다고 심기를 꺼린다. 그러나 무궁화나무의 진딧물은 진딧물의 천적인 무당벌레가 해결한다. 무궁화나무를 많이 심으면 식물에게 해를 주는 해충을 잡아먹고 사는 무당벌레의 수가 늘어나 오히려 자연 생태계를 이롭게 한다는 것이다. 무궁화 같은 토종은 오래된 오해와 불편한 진실 때문에 억울한 것이 많을 것이다.

묵정밭에서 자연스레 피고 지는 꽃과 풀들은 때론 비정하고 치열하게 서로를 짓밟기도 하지만 나름대로 지키는 자연의 순리가 있다. 그 순리를 지키며 피고 지는 것들을 함부로 잡과 잡 아닌 것으로 갈라치기한 것은 우리들이다.

억지로 순리를 거스르지 않고 각자의 방식으로 각자의 시간을 축적하며 살아가는 것이라면 모두 나름 토종이라 해도 되지 않을까 생각한다. 자연에 순응하는 삶을 살아가는 동안 자연이 지닌 보이지 않는 내면의 아름다움을 삶 속으로 깊숙이 끌어들였을 토종들이다. 절로 가꾸고 지키려고 애쓴 노력들이 자연스럽게 축적된 토종의 얼굴에는 토종만이 지닌 강인한 아름다움이 있다.

빠르게 변화하는 세상에서 토종의 의미와 가치도 바뀔 수 있다. 변화의 흐름을 따르는 것도 필요하다. 소용돌이치는 변화의 중심에서도 중심을 잃지 않고 끝까지 지켜야 할 토종다운 삶이 무엇인지는 생각해 볼 문제다.

토종의 삶과 새로운 외래종의 삶이 만나는 경계에서 한쪽만 고집하거나 편견이나 왜곡된 오해로 상대를 무시하고 내치는 언행부터 잘 걸러내어야 할 것 같다. 토종은 토종만이 지닌 독특한 빛깔이 있고, 토종으로 자리 잡기까지의 가늠할 수 없는 기나긴 시간이 축적한 강인함이 있음을 기억해야 할 것이다.

토종과 토종 아닌 것을 잘 가려 토종이 지닌 힘을 지키는 눈 밝은 이들도 많다. 토종을 가려 분별하지 못하는 나 같은 이들에게는 토종의 가치를 잘 지키기 위해 토종만의 각별함을 기억할 수 있는 비망록이 필요하리라 여긴다. 그래야 잊지 않고 토종의 얼굴을 기억할 수 있다.

사람도 토종이 있다. 보름달처럼 둥글고 후덕한 얼굴은 토종을 대표하는 아름다운 얼굴형이다. 언제부턴지 토종의 이목구비를 지우개로 지우듯 지우고 서양인처럼 깎은 듯 날카롭고 오뚝한 이목구비를 원하는 사람들이 많아지고 있다. 날렵한 턱선과 입체적인 윤곽에는 보름달이 지닌 원만하고 자연스러운 표정이 사라지고 없다. 점점 비슷비슷하게 생긴 인형 같은 여성의 모습에 질릴 때가 많다. 텔레비전이나 인터넷에서 똑같은 표정의 얼굴들을 보면서 구세대의 유물이 되어가는 토종의 미소가 그리워질지 모른다. 이러다가 토종의 얼굴을 만나기 위해서는 토종의 모습들이 박제된 박물관에서나 토종의 얼굴을 만날 수 있을 것이다. 인형 작가인 김영희가 만든 닥종이 인형 전시를 기다려야 할지도 모른다.

자연스러움과 익숙함과 편함은 토종이 간직한 다른 이름이다.

이름 짓기

아버지가 지어준 첫 이름은 중학교에 들어가던 해부터 공식적으로 내 이름이 되었다. 동시에 어릴 적 타고난 사주의 약점을 보완해야 한다는 이유로 작명가가 지은 두 번째 이름은 공적인 첫 이름에 밀려 숨은 이름이 되었다.

나는 나의 숨은 이름을 더 좋아한다. 아버지가 지은 첫 이름은 이름 혼자만 예쁜 척하는 느낌이 들어 민망하고 불편할 때가 있다. 한자로 쓰면 복잡하고 어려워 쓰기도 쉽지 않다. 빼곡한 이름 석 자를 다 쓰고 보면 공기 한 방울 들어찰 틈이 없다. 속에 담긴 뜻은 한없이 귀하고 근엄하다. 받들어야 할 바람들이 그득하다. 병치레가 잦았던 딸이 무탈하게 자리기를 바라며 공들인 아버지의 서원이 꽉꽉 들어찬 내 이름. 무겁게 소망을 짊어진 이름도 나만큼 힘들어 보인다.

이름짓기는 이름으로 좋은 기운을 불러오는 일이다. 세상의 모든 이름 속에는 나름의 이름값이 있다. 이름 속에 담긴 소망이나 기대가 이름처럼 이루어진다면 나는 아마 보석처럼 빛나고 존경받는 담대한 사람이 되었을 것이다. 지나침은 부족함보다 못한 것일까. 지나칠 정도로 걱정이 많고 소심한 탓에 우유부단하고 주저함과 잔걱정이 많은 나는 내 이름에 주어진 이름값을 제대로 살리지 못한 듯하다.

숨은 내 이름은 무채색에 가깝다. 은근하다. 튀지 않는다. 무엇보다 여자로서의 미덕을 강조하지 않는 중성적인 느낌이 참 좋다. 어쨌든 어떤 이름이든 이름값에 맞게 열심히 살았다면 나는 꽤 괜찮은 사람이 될 수도 있었겠다.

이름 속에는 이름이 걸어갈 길이 보인다. 그 길은 어떤 '이룸'을 향한다. 이름 짓기는 그러한 '이룸'의 완성을 향해 걸어가는 첫걸음을 떼는 일이다. 그러니 이름을 짓는 시간은 넉넉하고 편안한 '이룸'을 궁리하는 시간이다. 너무 무겁고 큰 '이룸'을 담은 이름은 자칫 주술에 기대어 불가능한 것이 절로 이루어지기를 바라는 일처럼 비현실적 것이 될지 모른다.

한자 표기 없이 한글로 지은 이름은 부르기 쉽고 기억하기 좋은 점이 있다. 그런데 한자 이름은 이름자로써 좀 더 분명한 뜻을 드러내는 장점이 있다. 그래서 인명 한자는 좋은 의미를 본의로 가진 글자를 잘 골라 조합하여 짓는다.

여전히 출생신고서에는 인명 한자란이 따로 마련되어 있다. 갈수록 한글 이름을 선호하는 경향이지만 아직은 이름을 한자로도 병기하는 것이 일반적이다.

'지유'는 딸과 사위가 지은, 첫 손녀의 이름이다. 부르기만 해도 아무런 걸림이 없는 울림이 사방으로 번져가는 느낌이 든다. 부드럽고 잔잔한 바람이 불어오는 것 같다. '지유'라는 한글 글자를 한자로 써보려니 이름 속에 '이룸'의 정체성을 드러낼 한자의 '뜻'이 필요했을 것이다. 너무 크고 무겁지 않게, 부르기는 쉽고 의미는 단순하게, 불가능한 주술이 아닌 실현 가능한 소망을 담고 있는 한자를 찾는 일이 쉽지는 않았을 것이다. 어쨌든 '지유'는 '知攸'가 되었다.

'知攸'에 담긴 한자가 지닌 뜻을 나름 생각해본다. 이름으로 쓰인 한자가 지닌 의미 속에는 갖추어야 할 다양한 미덕이 있다. '지知'에 담긴 뜻은 기본적인 '알다' 외에도 슬기로움, 깨달음, 사귐, 우두머리, (이치를) 터득함, 분별함, 잊지 않고 기억함, 알리다, 등등이다. 모두 살아가면서 가장 필요하고 가치 있는 덕성과 관련된 의미들이다.

그러니 지유의 이름은 '지知' 하나만으로 이미 충분히 훌륭하다. 뜻을 더 보태어 이름자 속에 너무 많은 '이룸'의 길들이 만들어진다면 좋을 수도 있겠지만 자칫 중심이 흐트러질 수도 있지 않을까 생각한다. 충분한 뜻에 또 하나의 뜻글자를 굳이 보탤 필요가 있겠는가. 과하면 흘러넘친다는 순리를 조심스레 새겨본다.

'바 유攸'는 일반적으로 본의보다 어조사로 쓰이는 글자여서 구체적인 본의보다는 어조사나 허사로 쓰이는 경우가 많다. 우리말로 보면 의존명사 같은 기능을 가진 한자가 아닐까 생각한다.

우리말 의존명사는 자립적이고 실질적 의미를 지닌 형태소로서 선행의 의미를 단단하게 받쳐주는 특별한 기능을 가진다. 뚜렷한 본의를 갖지 않고도 선행의 뜻을 더욱 탄탄하게 얽어매 중심을 잡아주는 글자이다. 의존이니 불완전이니 하는 어눌한 명칭에 가려진 헛글자는 아니라는 것이다. 앞의 글자나 말이 가진 뜻을 받쳐주어 글자가 품은 좋은 뜻을 지지한다. 그래서 다양한 의미들을 더 깊고 넓게 확장한다. 그러니 '바 유攸'는 고정불변의 뜻만을 고집하지 않고 '知'가 지닌 뜻을 잘 살려서 더 깊고 넓게 받쳐주고 넓히는 것이다.

이름자로 흔치는 않은 '攸'자를 택한 것은 좋은 선택이었다고 생각한다. '바 유攸'자 대신 아름답고 훌륭한 의미를 지닌 다른 한자를 써도 좋았겠지만 '攸'자가 '知'자가 지닌 좋은 의미들을 이름의 중심이 되게 단단하게 받쳐주는 것이다. 날날이, 자유롭게, 풍성하게, 중심 글자의 의미를 잘 발현할 수 있게 해주는 은근한 힘을 지닌 글자가 아닐까.

'知와 攸'는 '뜻'에 또 '뜻'을 더하지 않음이니 넘치지 않고 삼가는 적절함을 지닌 이름이라 생각한다. 적절함은 언제나 가장 좋은 선택이다.

주제 사라마구는 『세상의 모든 이름』에서 이름이라는 고유명사가 우리에게 어떠한 의미로 존재하는지 묻고 답한다. 소설의 첫 페이지에 쓰인 "너에게 붙여진 이름은 알아도 네가 가진 이름은 알지 못한다"는 문장 속에는 이름에 대한 풀기 어려운 물음표들이 그득하다.

등기소 직원인 주제는 저명한 이름을 가진 사람들의 신상과 기사를 모으고 정리하는 일에 행복을 느낀다. 그러다 우연히 생면부지 여자의 이름에서 설명하기 힘들지만 멈출 수 없는 끌림을 느낀다. 그는 그 이름의 여자가 지나온 삶의 궤적을 찾아가는 일에 몰입하게 된다. 집요한 스토커처럼 이름의 지난 삶을 추적하는 그를 따라가는 동안 '인식한다는 것'과 '실재한다는 것'의 간극이 무엇인지 고민하게 한다.

널리 알려진 이름이거나 존재조차 알지 못하는 이름이거나 세상의 모든 이름들을 들여다보면 나름의 명암이 있고 가치가 있다. 이름 모를 새와 이름을 모르는 작은 섬, 이름 없는 풀꽃과 이름 모를 등대, 이름 없는 야생화와 이름을 모르는 사람들, 이름과 상관없이 지나친 신원미상의 모든 것들을 지칭할 수 있는 적절한 이름은 무엇인가. 결코 잡스러운 존재가 아닌 그것들을 우리는 쉽게 '잡雜'으로 얼버무려 부른다.

어쩌면 '이름 없음'이나 '이름 모름'도 이름이 아니겠는가. '이름 모름'이나 '이름 없음'은 어떤 이유 때문에 부를 수 없는 이름을 이름으로 가진 존재가 아닐까.

곰곰 생각해 보면 이름이 없다는 것이 오히려 '없음'이라는 무소유의 큰 뜻을 '이룸'을 이룬 이름일 수 있다 생각한다. 그렇다면 굳이 너무 큰 기대와 넘치는 소망으로 이름을 짓는다면 오히려 '이름'으로써 '이룸'을 구속하는 일이 될지도 모르겠다.

아무쪼록 '知攸'가 이름이 내건 '뜻의 무거운 구속'에 갇히지 않기 바랄 뿐이다. 언젠가는 제 이름 속에 나 있는 수많은 길들을 스스로 톺아보고 스스로 하나를 잘 선택할 수 있기를, 그 길을 끝까지 완주하기까지 지켜보며 응원할 것이다.

다시 봄이다. 지난봄처럼 이번 봄도 지나갈 것이므로 애틋하지만 새롭다.

봄풀들도 그러하다고, 수긍의 끄덕임을 보내며 나날이 푸르게 나부끼고 있다.

말못

벽에 박혀있는 오래된 못이 눈에 자꾸 거슬린다. 침묵으로 못이 덮으려는 것은 무엇일까. 못의 표정은 어둡고 무추룸하다. 내려놓은 무게보다 더 무겁고 깊은 무언가를 꽁꽁 여미고 있는 듯하다. 지울 수 없는 흉터처럼 치명적인 약점이라도 숨긴 것인지 모른다.

소용없게 된 녹슨 못을 일단 빼기로 했다. 쉬우리라 생각했던 못 빼는 일은 의외로 힘이 들었다. 오랫동안 짊어진 무게를 떠받치느라 보이지 않는 근력이 생긴 것 같다. 못은 조금도 물러설 기미가 없다. 한참 용쓰는 나를 조용히 노려본다.

어머니는 못을 칠 일이 생기면 음력으로 손 없는 날을 기다렸다. 새로 이사한 집에서 당장의 불편을 감수하면서도 손 없는 날을 기다렸다가 한꺼번에 못을 쳤다. 그때는 어린 마음에 손이라는 존재에 대해 막연한 경외심과 두려움 같은 것이 있어 어머니의 태도가 무서운 의례처럼 느껴지기도 했지만 힘들게 녹슨 못을 빼는 동안 못 치는 일 하나도 가벼이 다루지 않던 옛 분들의 진중함을 생각하게 된다.

못을 치기에 쉽고 말랑한 벽도 있고 전동드릴로 못이 들어갈 자리를 미리 만들어야 겨우 박을 수 있는 강한 옹벽도 있다. 단단하고 강한 것에 못을 치려면 나도 역시 단단하고 강한 것이 뿜어내는 높은 저항의 통증을 아프게 받을 수밖에 없다. 못이 들어갈 자리만큼 나도 힘이 들기 마련이다.

공동주택에 살며 못 치는 일은 더욱 조심스럽다. 손 없는 날을 기다리기보다 이웃에 방해되지 않는 시간을 기다려야 한다. 그런 과정이 만만한 게 아니어서 걸개나 그림을 그냥 벽에 비스듬히 세워두기도 한다. 그러니 못을 빼는 일이 못을 치는 일만큼 힘 드는 것인 줄 짐작조차 못했던 일이다.

힘들게 못을 빼고 나니 드러난 자리가 생각보다 난감하다. 물렁한 벽이든 견고한 벽이든 한번 못을 치면 쉬 사라지지 않는 흔적이 남게 된다. 물렁해서 쉽게 못이 들어간 자리보다 힘들게 못을 친 단단한 자리가 흉은 더 깊고 뚜렷하다.

못을 빼고 난 뒤에도 손으로 슬쩍 한번 쓰다듬으면 민망한 듯 상처를 슬며시 오므리는 벽도 있지만 자세히 보면 흠은 여전하다. 그래도 순하게 눈감아주니 다행이다. 그런데 단단한 자리에 남은 흔적은 그만큼 단단하고 고집스럽다. 구멍 같은 허물이 컴컴한 어둠처럼 남아있다.

아비뇽에 있는 교황청 박물관에서 잊을 수 없는 못 자국을 본 적이 있다. 예수의 양 손바닥에는 어둠보다 더 깊숙한 못의 자국들이 선연하다. 성화 앞에서 처음으로 못과 십자가에 대해 깊이 생각했다. 예수의 깊은 눈빛에서 자애로움이 가린 희미한 아픔을 느꼈던 성화다. 못 자국은 가장 성스러운 십자가일 수 있겠다는 생각을 했지만 우물처럼 깊숙한 그곳에서 스며 나오는 슬픔이 더 가까이 와닿는다. 선하고 자비로운 예수의 눈빛에서 표현할 수 없는 안타까운 원망과 고통을 함께 본 듯하다. 잊기 어려운 감동이었다. 못을 뺀 자리에 마지막까지 남아 있는 어둠은 무엇을 말하고 있는가. 오래 돌아본 그림이었다.

내가 친 못 중에서 가장 모질고 독한 것은 차가운 쇠보다 더 독한, 말로 만든 못이 아니었을까 한다. 의도적으로 모질게 작정한 것도 있었고 누군가 못을 칠 때 비겁하게 옆에서 거든답시고 다른 이가 치고 있는 못을 더 세게 치라고 부추긴 적도 있었으리라.

못의 굵기나 날카로움, 각도와 방향의 결과를 생각지 않고 무작정 치려고만 했던 나의 말못들을 돌아본다. 어떤 못이든 치고 나면 다시 빼내기가 더 힘들 수 있다는 걸 알고 나니 내가 친 말의 못들이 돌려보낼 후과가 두렵다. 말로 만든 못이 남긴 컴컴한 흔적은 영원히 지워지지 않을까 더 두렵다.

함부로 못 칠 일들이 점점 줄어들고 있어 그나마 다행이다. 굳이 필요하면 가벼운 압정이나 핀으로 처리할 때도 많다. 압정과 핀이 남긴 흔적 역시 지워지지 않고 희미하게 남아 있지만 모진 못보다는 말랑하고 부드럽다. 얕은 눈속임이지만 남은 자국은 반드시 어떤 것으로라도 가리려 애도 쓴다. 그래야 마음이 편하다.

쇠못처럼 뾰족하고 날카롭던 나의 말못들도 예전보다는 무디어가고 있다. 그래도 아직은 깨끗이 비우지 못한 녹슨 말못들이 내 못통에 그득하다. 통째로 내다 버릴 적당한 곳을 궁리 중이다.

틈의 틈새

설거지를 끝내고 싱크볼을 닦는데 실리콘 마감 부분이 벌어져 있다. 틈이 벌어진 실리콘 틈새에 핀 곰팡이가 거뭇거뭇하다. 휴지에 락스를 묻혀 억지로 틈을 비집고 덮어두었다. 제법 시간이 지나서 휴지를 걷어내자 완전히 깨끗하지는 않지만 검은 흔적은 좀 희미해져 있다.

그런데 곰팡이가 들어찼던 공간만큼 틈새는 더 커져 있다. 조만간 다시 더 지독한 곰팡이가 들어앉을지 모른다는 생각이 들자 사소한 그 틈새가 점점 걸리적거리기 시작한다. 틈새는 예민하고 날카로운 히스테리다.

이런저런 잡념들이 끼어들어 점점 벌어지는 생각의 틈새를 살핀다. 틈새에 낀 생각들은 틈을 보이지 않고도 줄줄이 번져간다. 기어이 보이지 않던 틈새도 감당 못 할 잡생각이 끼어들어 쩍 소리를 내며 구멍 같은 틈을 만들어간다. 틈새는 틈이 아니라 쓰레기통이다.

미처 발견하지 못한 틈이 틈새로 보이는 순간, 기다렸다는 듯 더 넓게 틈새를 벌리려고 등장하는 이런저런 생각들이 뇌간의 고질적인 틈을 만든다. 틈새는 심각한 두통이다.

소원한 관계가 만든 너와 나 사이의 틈이 없던 오해와 미움까지 데려온다. 무관심이 키운 반목과 눈흘김이 빈틈없이 들어와 빼곡해진다. 틈이 만든 거대한 틈새는 더 크게 부푼다. 틈새는 시한폭탄이다.

단단했던 어떤 믿음에도 보이지 않는 균열을 일으키는 틈이 있다. 선입견과 오해와 끊임없이 반복되는 가짜와 진짜가 만드는 세상에서 마구 흔들리는 틈과 틈의 간극에 피어나는 틈새들, 무수한 틈새마다 여기저기 지독한 바이러스들이 창궐한다. 불어날 대로 불어난 틈새는 반드시 붕괴한다. 무너진 후에도 메워도 메워도 메워지지 않는 틈새, 끝없는 이간질이고 불화다.

빠지면 헤어 나올 수 없는 위험한 틈새가 있다. 결코 흔들리지 않겠다는 무모한 편견이 만든 틈새다. 흔들리지 않아서 절대로 빠져나올 틈이 없는 틈새다. 꼼짝하지 않고 고집을 꺾지 않는 틈새도 끈적끈적한 파리지옥이다.

틈은 방심을 노린다. 틈새에 낀 것들은 아무리 소소한 것이라도 오래 방치하면 깨끗이 파내고 나도 끝내 메울 수 없는 커다란 구멍이 뚫리게 된다. 구멍이 된 틈은 언제나 더 큰 한 방을 노린다. 틈새는 호시탐탐이다.

치과의사에게 들은 말이다. 보철치료를 할 때 치아와 잇몸 사이에는 적절한 틈이 필요하다고 한다. 금속성의 의치에는 잇몸과 의치 사이에 이물질의 찌꺼기가 쌓이지 않게 치간 칫솔이나 치실을 사용할 수 있을 만큼 적절한 틈을 유지해야 한다고 한다. 틈이 있어야 문제를 일으키지 않는다는 것이다. 틈새에 숨은 반전이다.

장식장 안의 그릇들도 적당한 틈이 필요하다. 그릇들은 장식장 안에서 서로 적절한 거리를 지킬 때 아름답게 빛날 수 있다. 장식장 속 그릇처럼 사람과 사람 사이에도 적절한 틈이 있어야 한다. 엎어지고 포개진 그릇들은 이가 빠지고 깨어지기 쉽다. 사람과 사람의 사이도 너무 밀착된 관계를 고집하면 예기치 못한 불화를 불러올 수가 있다. 서로의 틈을 뭉개려다 돌이킬 수 없는 틈이 벌어질 수도 있다. 틈새는 불화이면서 화목이다.

자연의 이치를 지키고 아름다운 순환과 질서를 위해 틈이 만든 틈새에는 설렘의 거리가 있다. 소월의 시 산유화에는 틈이 만든 아름다운 거리가 있다. 산에는 계절에 따라 꽃이 피고 진다. 피는 꽃은 저만치 피어 있어야 오래 아름다운 꽃으로 보인다. 소월은 저만치라는 틈새에서 꽃다운 꽃을 피운다. 산에서 저절로 피고 지는 꽃, 그 속에 살고 있는 작은 새, 이런 것들을 바라보기에 '저만치'는 가장 설레는 거리다. '저만치'라는 설렘까지의 간격은 가장 아름다운 틈새다. 틈새는 미학이다.

틈에 대해 이런저런 생각을 하다 보니 무심코 보아 넘기던 틈들이 곳곳에서 말을 걸어온다. 깊이 들여다 보는 동안 편안한 시간의 틈새가 만들어진다. 틈새는 숨 고르기다.

틈에는 드러내어서 안 되는 것들이 자란다. 드러내어서 안 되는 것들은 어쩔 수 없이 모두 드러나고 만다. 틈새는 드러내어서는 안 되는 잘못이나 과오를 숨겨 주기도 하지만 내쫓기도 한다. 드러낼 수 없는 허물은 덮어 주되 끝내는 드러냄으로써 허물을 벗을 마지막 기회를 허락한다. 틈새는 야누스다

대충 얼버무린 싱크대 실리콘의 틈새를 다시 살핀다. 여

전히 남아 걸리적거리는 틈이 내 눈치를 보는지 '저만치' 뒤로 물러나 앉는다. '저만치'의 틈이라도 틈은 틈이다.

틈을 잘 갈무리해야 삶이 흔들리지 않는다. 틈이 틈새를 키우기 전에 이전의 실리콘을 다 걷어내고 촘촘하게 다시 실리콘 마감을 해야 할 것 같다.

틈 앞에서 가래로도 막지 못할 것을 호미로 막을 수 있다고, 짧은 억지를 부려본다.

두 시간이 더 주어진다면

황진이는 볼 수 없고 들을 수 없는 님을 만나기 위해 꿈길을 택했다. 꿈길밖에 길이 없어 꿈길을 택한 그녀에게 '꿈꾸는 것'은 님과의 단절된 '꿈'을 단절하기 위한 간절한 선택이 아니었을까.

요즘 사람들은 대략 백 년 전 사람들보다 두 시간 정도 덜 잔다고 한다. 어떤 조사와 연구 과정을 거친 결과인지 모르지만 그 두 시간에 대하여 생각이 많다. 백 년 전 사람들보다 요즘 사람들은 두 시간만큼 '꿈'을 꿀 수 있는 시간을 잃은 것일까. 이룰 수 없는 '꿈'을 이루려고 현실을 피해 헛되이 헤매 다니던 '꿈길'에서 보낸 두 시간을 확보한 것일까.

이러나저러나 하루 중 두 시간은 결코 간과할 수 있는 시간은 아니다. 두 시간은 무언가를 해낼 수 있는 충분한 시간이다. 주어진 그 두 시간의 행방이 궁금하다.

덜 자고도 맑은 정신과 단단한 체력을 지닐 수 있다면 자는 시간을 줄여 벌어들인 시간을 어떻게 보낼까. 두 시간 동안 보고 싶은 사람들을 만나고 두 시간 동안 읽고 싶은 책을 읽고 두 시간 동안 누군가를 위해 맛있는 밥상을 준비할 수도 있을 것이다.

결코 짧다고 생각할 수 없는 두 시간이 주어진다면 나는 그 두 시간을 원래 자리로 어떠한 꿈조차 허락지 않는 온전하고 순조로운 잠의 자리로 돌려놓고 싶다.

'잠'이 주는 까무룩한 단절이 좋다. 그 단절은 짧고 아득하다. 세상으로 열린 모든 창들을 굳게 닫아버리고 무너뜨리지 못하는 두꺼운 벽을 세우는 답답한 단절이 아니다. 여기와 저기의 경계가 까무룩 사라지는 순간을 맛보는 단절이다. 짧지만 두 시간의 잠은 새로운 세상으로 들어가는 문이 스르르 미끄러지듯 잠시 열릴 수도 있는 시간이다. 그 순간은 홀로여서 더 충분하고 자유롭다.

잠은 깨어 있는 동안 생긴 뇌 속 노폐물을 씻어내는 시간이라 한다. 알츠하이머병의 주요 원인물질이라고 하는 '아밀로이드베타'라는 분자는 잠을 자는 동안 씻기어 나간다고 한다. 신경세포 간의 틈새가 넓어지고 뇌척수액 같은 유체의 흐름이 증가하여 뇌의 노폐물을 비워낼 수 있다는 것이다. 그러니 잠은 다음을 위해서 에너지를 충전하는 시간이라기보다 복잡하고 무겁고 무질서한 어제의 혼돈을 털어내고, 쌓인 찌꺼기를 깨끗이 청소하고 비우는 시간인 것이다.

찌꺼기조차 온전히 비워낼 수 있는 잠은 나를 힘들게 하던 응어리를 깨끗이 비우는 단호한 단절의 시간이다. 그 단절은 버리지 못한 욕심과 어리석은 분노를 깨끗이 비워준다. 무엇으로도 대체할 수 없는 행복이다.

그래서 나는 적어도 잠자는 동안은 꿈조차 꾸지 않는 제대로 된 단절을 원하는 것이다. 백일몽이 주는 몽롱한 열락처럼 잠의 바깥에서 불가능한 것을 가능하게 하기 위해 잠을 잔다면, 자칫 잠은 은근한 중독이 될 수 있다.

어쩌다 시간 너머 옷깃을 스치고 지나간 인연이었을까. 꿈속에서 생면부지의 얼굴을 만날 때가 있다. 드러나지 않는 잠재의식의 깊은 바닥에 살고 있던 존재들일까. 낯설지만 낯설지 않은 얼굴이다. 생각나지 않는 전생이나 까마득한 후생의 나일 수도 있다.

꿈속에서 만난 낯섦 속에는 이상한 익숙함과 설렘이 있다. 잠에서 깨는 것이 아쉽고 안타깝기도 하다. 그래서 이미 각성상태로 들어선 의식을 부여잡고 사라지는 잠의 꼬리를 붙잡고 잠에게 매달리게 된다. 겪은 적도 없고 생각지도 못한 희한한 세상과의 조우를 가능하게 하는 꿈. 그런 꿈을 꾸기 위해 황진이처럼 밤마다 꿈길을 헤맬 수도 있겠다. 어긋나고 어긋나지만 결코 포기할 수 없는 꿈길로의 여정을 무작정 탓할 수만 없을 것 같다.

그래도 꿈이 꿈이어서 다행일 때가 더 많다. 황진이의 꿈처럼 꿈길조차 어긋나버린 황망한 꿈길을 헤매며 겪는 갈등과 애증은 결코 달콤하지 않다. 꿈속이 꿈의 바깥보다 더 끈적하고 질척일 수 있다. 벗어나고 싶어도 자꾸 빠져버리는 늪처럼 숨막힌다.

나를 힘들게 하는 흉몽이나 악몽을 벗어던지고 내가 원하는 꿈속으로 들어가기 위해 꿈을 뒤집어야 한다. 그래서 힘이 든다면 꿈과의 단절을 꿈꾸어야 한다. 얼키설키 엉킨 꿈의 실타래에서 벗어나기 위해 오히려 꿈속 세상과의 단절을 꿈꾸게 되는 것이다.

어쨌든 우리에게는 백 년 전의 사람들보다 잠을 자지 않아 생긴 두 시간의 여유가 주어졌다는 것이다. 나는 그 두 시간 동안 꿈도 꾸지 않는 완벽한 단절의 잠 속으로 빠져보고 싶다.

4부

그리움이 나를 길들인다

그리움이 나를 길들인다.

한때 그리움이 길들인 그것을 사랑이라 믿은 적이 있다.

사탕과 버찌

어린 시절 아버지는 퇴근길에 다양한 주전부리를 자주 사오셨다. 아버지의 주전부리 목록 중에 유독 기억나는 것은 알록달록한 종이로 싼 각양각색의 과일 향이 나던 사탕이다. 입속에서 아껴가며 먹은 색색의 사탕들은 한결같이 달콤한 하나의 맛으로 결론이 났지만 예쁜 종이에 싸인 사탕을 꺼내 입속에 처음 넣자마자 혀끝을 자극하는 사탕의 첫맛은 각양각색의 과일 향기들이다. 달달한 사탕의 맛 속에 숨은 알록달록한 향기는 행복한 기억으로 남아 있다.

내가 다닌 중학교 교정에는 벚나무가 많았다. 그때는 벚꽃이 지금처럼 지천으로 볼 수 있는 흔한 꽃이 아니었다. 흐드러지게 피는 벚꽃 그늘 아래서 짧은 오수에 빠져들던 봄날의 점심시간은 비현실적이고 몽환적인 꿈을 꾸고 난 듯 아쉽고 행복했다. 그때를 생각하면 잊지 못하는 풍경 하나가 떠오른다. 꽃자리에 다닥다닥 매달려 있던, 버찌라고 불렸던 붉고 앙증맞은 벚나무의 열매가 꽃보다 먼저 또렷하게 남아있다.

그러니까 벚나무에 대한 원초적인 나의 기억은 한꺼번에 질리게 하는 벚꽃 풍경이 아니다. 지나치게 화려한 꽃의 이미지보다는 몽글몽글한 구름 사이로 얼굴을 내민 파란 봄의 하늘과 꽃과 꽃 사이로 불어오는 상큼한 바람과 가지가 터질 듯 붉고 영롱한 열매가 어우러진 조화로운 풍경이었다. 그 나무 아래에서 따서 먹던 버찌 맛을 요즘 맛보기는 어렵다.

올해도 피는가 싶더니 어느새 화르르 벚꽃이 지고 있다. 꽃은 늘 아쉽다. 바쁘게 돌아가는 세상을 닮아 가는지 피고 지는 꽃들의 성정도 갈수록 돌발적이고 성급하다. 올 벚꽃은 유난히 빠르게 피었다 또 빠르게 지고 있다.

꽃이 진 자리에서 옛날처럼 달콤한 버찌를 발견할 수 있다면 속절없이 지는 꽃들이 무작정 애잔하지만은 않을 것 같은데 벚나무에서 열매를 본 지가 너무 오래다.

꽃이 지면 열매를 맺는 일은 자연스러운 현상일 것인데 오랫동안 주변의 무수한 벚나무들에서 열매를 본 적이 없다니. 돌발적이고 성급해 보이는 나무보다 더 바삐 지내다 보니 보고도 알아보지 못했거나 관심을 갖고 눈여겨 본 적 없이 그냥 지나친 내 탓인지 모른다. 그래서 꽃도 놓치고 열매도 놓치고 왔다가는 봄까지 순식간에 놓치는 것이 아닐까.

언제부턴지 벚꽃이 필 무렵이면 쓴 걱정이 꽃보다 먼저 핀다. 꽃도 보기 전에 꽃가루 알레르기를 걱정하고 벚나무 아래 주차해 둔 자동차 지붕을 걱정한다. 봄비라도 내리면 비에 쉬 떨어진 꽃잎들이 소복소복 덮인 거리에 서서 꽃은 쓰다 버린 아름다운 소모품일 뿐이라고 생각할 때도 있다. 채 피기도 전에 갑자기 쏟아진 봄비에 떨어져 길바닥에 함부로 누운 짓무른 슬픔처럼 엉겨 붙은 꽃의 주검은 참혹하다. 도로 위에 널브러지거나 차창에 끈적끈적하게 달라붙어 떨어지지 않는 집요함은 징글징글하다.

폴 빌라드가 쓴 「이해의 선물」에는 아름답고 뭉클한 버찌 이야기가 나온다. 일인칭 시점의 소설 속 주인공 '나'는 제대로 돈의 쓰임을 인식하지 못한 어린 시절을 회상한다. 어린 시절의 나는 사탕을 사기 위해 돈 대신 은박지에 고이 싼 버찌 씨를 가지고 위그든 씨의 사탕 가게로 간다. 돈이 아닌 버찌 씨를 내민 소년에게 위그든 씨는 말없이 사탕을 건네준다. 위그든 씨가 건네준 사탕도 아버지의 사탕처럼 무조건의 이해와 사랑이다.

얼마 전 미용실에서 본 장면이다. 미용사가 머리카락을 자르느라 칭얼거리는 아이를 달래느라 사탕을 내민다. 사탕을 본 아이의 얼굴이 금세 환해진다. 먹을 것이 지천인 요즘도 사탕 한 알에 그토록 기뻐하는 아이의 모습을 볼 수 있다니, 과연 사탕이 보장하는 행복의 유효기간은 언제까지일까.

인공지능이 일상사처럼 회자되는 세상이다. 앞으로 더 큰 변화 속에 행복의 기준과 가치도 점점 달라질 것이다. 기대보다는 두려운 마음이 더 크다. 어린 시절 아버지의 사탕 속에는 불필요한 걱정이나 불안의 쓴맛은 어디에도 없었다. 아버지의 사탕이 그립고 달콤 쌉싸름했던 버찌 맛이 그리운 이유는 걱정과 불안이 끼어들 틈새가 없었기 때문이리라. 작고 소소한 것이 지닌 고전적 사랑의 가치가 오래 우리 곁에 머물기를 바란다.

거리마다 지천인 벚꽃이 진 자리마다 빨갛게 버찌가 열리는 풍경을 상상해 본다. 꽃의 짧은 마감이 마냥 아쉽지만 않을 것 같다.

어딘가 여전히 있을 것 같은 '위그든 씨의 사탕 가게'를 찾아 잘 말린 버찌 씨 하나를 조심스레 내밀고 알록달록한 꽃사탕을 사오고 싶다.

아버지의 사탕처럼, 작은 버찌 씨를 받아 든 위그든 씨처럼, 애틋한 사랑의 봄날이 또 올 수 있을까.

밥솥 이야기

아주 오래된 코끼리표 전기밥솥이 있다. 크기가 너무 커서 다루기가 쉽지 않고 식구들이 전기밥솥으로 지은 밥을 좋아하지 않아서 삼시 세끼 밥을 짓는 용도로는 사용하지 않는다. 손이 잘 닿지 않는 주방 찬장의 맨 윗간에 모셔두고 거의 잊고 지낸다. 그러다 제사나 명절이 오면 중요한 연례행사의 주인공 같은 우람한 존재감을 드러내며 제 몫을 톡톡히 해줄 때가 있다.

코끼리표 전기밥솥은 지금처럼 국산 밥솥이 각광을 받기 전 우리나라 사람들이 가장 선호하던 제품이다. 밥맛이 좋고 오랫동안 밥을 보관할 수 있어 인기가 좋았다. 비싼 '코끼리밥솥'을 좋은 가격으로 사기 위해 일본으로 여행을 떠나는 사람들이 등장할 정도여서 1980년대 당시 양손에 코끼리 밥솥을 드는 것도 모자라 발로 밥솥을 밀며 김포공항을 통해 입국하는 사람들도 있었다는 웃지 못할 이야기도

들은 적이 있다.

다락에 모셔둔 코끼리밥솥은 시어머니께서 오랫동안 아끼던 밥솥이다. 결혼하여 처음 맞이했던 추석 차례 음식을 준비할 때였다. 어머니는 다락에 고이 모셔둔 커다란 상자를 꺼냈다. 상자 안 다시 몇 겹의 보자기로 싸서 고이 보관해 둔 전기밥솥을 그때 처음 보았다. 깔끔하고 세련된 외양에도 놀랐지만 무엇보다 사람의 시선을 제압하는 엄청난 크기에 더 놀랐다.

명절이나 집안 대소사가 있을 때 어머니는 커다란 코끼리 전기밥솥으로 식구들이 좋아하는 단술을 만들었다. 지금은 단술이 쉽게 사서 마실 수 있는 흔한 음료가 되었지만 전기밥솥이 일상화되기 전에는 잔치나 명절에나 맛볼 수 있던 별식이었다. 한꺼번에 많은 양의 단술을 만들기에 충분할 정도로 어머니의 밥솥은 품이 크고 넉넉했다.

전기밥솥이 없었을 때는 집에서 단술을 만들려면 엿기름물을 걸러 앙금이 가라앉는 동안 찜솥에 면포를 깔고 고슬고슬하게 고두밥을 쪘다. 오랜 내공이 아니고는 할 수 없는 과정이라 늘 어머니가 도맡았다. 찜솥에서 단술이 되기 딱 좋은 밥알을 얻기까지 오로지 찜솥에만 마음을 기울여야 한다. 그래야 단술이 깨끗하고 맛깔스러웠다. 시간과의 싸움인 고두밥 과정은 시간을 기다리는 시간이었다.

그러다가 전기밥솥이 대중화되고 난 후부터 쉽게 고두밥을 준비할 수 있어 단술 만들기가 쉬워졌다. 쌀과 물의 비율을 적당히 지켜 밥을 하면 번거롭게 찜솥을 사용하지 않아도 고슬고슬한 고두밥이 된다. 밥솥에 든 밥에 맑게 거른 엿기름물을 붓고 주걱으로 잘 휘저어준 후 뚜껑을 닫고 밥알이 잘 삭을 때까지 기다린다.

조급하게 밥솥 뚜껑을 여닫는 건 절대의 금기다. 단술 맛은 정성과 시간이 섞여 맛을 길들이는 시간이 필요하다. 잊은 듯 절대 잊지 않고 기다려야 한다. 뽀얗게 아기 젖니가 돋듯 네댓 개의 밥알이 동동 떠오르면 이 순간을 놓치지 않고 큰 냄비나 들통에 옮겨 적당한 물과 설탕을 더 붓고 팔팔 끓이면 단술이 완성된다.

살아가면서 크고 작은 일이든 절묘한 순간을 놓치고 난 후 돌이킬 수 없는 실패를 경험하거나 때늦은 후회를 했던 경우가 많다. 단술을 만들 때도 가장 중요한 것은 타이밍이다. 효소의 깊은 맛이 제대로 우러나는 순간을 놓치지 않아야 한다. 자칫 서두르면 제대로 맛이 나지 않거나 지나치게 시간을 두면 찌꺼기가 끼여 맑지가 않고 특유의 변질된 맛이 난다.

단술을 만드는 동안 어머니는 서두르는 일보다 적절한 숫자의 밥알이 동동 떠오르는 최상의 타이밍을 놓치지 않으려 기다리는 정성을 최고의 비법으로 손꼽았다. 단순하고 쉬운 일 같지만 단술 만드는 과정을 통해서 타이밍을 놓치지 않는 일이 얼마나 중요한지 깨닫는다.

지금껏 살아오면서 저지른 실책과 후회스러움의 근원은 늘 지나치게 머뭇거리거나 섣불리 성급하게 조바심을 낸 탓이다. 단술을 만들 때마다 사소한 일상 속에 숨은 결코 사소할 수 없는 순간 포착의 중요성을 다시 되새긴다. 적절한 타이밍을 놓치지 않고 끓인 단술의 단맛은 시중에서 사서 마시는 것과는 비교할 수 없는 은은하고 깊숙한 맛이 난다.

코끼리밥솥에 대한 어머니의 신뢰는 대단했다. 밥솥 역시 어머니의 기대에 한 번도 어긋남이 없이 제 할 일을 잘 해내었다. 내 기억으로는 한 번도 맛이나 빛깔에서 실패한 적이 없었던 것 같다.

어머니의 밥솥은 특별한 맛의 유전자를 기억하고 지켜주는 귀한 유산 같다. 부담스러운 큰 덩치 탓에 이리저리 자리를 옮겨 다니다가 지금은 주방의 맨 위에서 자리 잡고 있는 밥솥이다. 꺼내기 좋은 자리를 차지했던 밥솥이 점점 주방의 가장 높은 선반까지 올라가게 된 것은 달라진 세상 탓에 두문불출의 시간이 점점 길어지는 탓이다.

어쩌다 명절이나 집안 행사 때도 잠잠하게 자리를 지킬 때가 많다. 지난해 모처럼 밥솥을 꺼낼 일이 있었다. 너무 오래 제 자리에 있었던 탓인지 밥솥의 낯빛이 생소했다. 쇠락해진 밥솥을 어루만지는 손끝이 짠하게 시린다. 답답한 비닐 옷을 겹겹이 입었지만 커다란 상자의 먼지 속에서 오래 웅크린 밥솥의 어깨가 왜소한 내 어깨를 닮아간다.

여기저기 여러 방향으로 시선을 돌리고 사느라 늘 바쁘다는 말을 달고 산다. 그런저런 이유들로 더는 단술을 만들지 않은 지도 꽤 오래다. 밥솥이 덜어주던 시간과 노력도 고되고 바쁜 일상 앞에서는 별 도움이 못 된다고 변명 아닌 변명을 한다.

어쩌다 마음이 동해 단술을 만들어보리라 시간을 내려면 감칠맛 나는 단술을 만들던 순서가 헷갈리기도 한다. 늘 하던 일도 밀쳐두니 까마득히 먼일이 된다. 단술에 대한 기억도 점점 멀어져 조만간 잊힐지도 모른다.

다가오는 어머니의 기일에는 모처럼 단술을 만들어보리라. 미리 선반에서 꺼내둔 밥솥을 꺼내 먼지를 턴다. 반짝이던 윤기가 사라진 스테인리스 뚜껑의 손잡이 부분이 까슬하다. 뚜껑을 열어본다. 그 안에서 희미하게 남아 있는 기억을 끄집어 낸다.

낡아가는 밥솥이 그때처럼 단술의 맛을 기억해낼까. 밥솥의 긴 허리를 쓰다듬는다.

딱새를 위한 기도

천성산 노전암에는 개와 고양이가 많다. 절집에 사는 생명이어서 그런지 노전의 개들은 참 순하다. 곁을 스쳐 지나도 미동도 하지 않고 선정 같은 잠에 들어 있을 때가 많다. 언젠가 노전암 능인 스님께서 죽은 개와 고양이의 천도재를 지내는 걸 본 적도 있다. 축생의 연들이 이어갈 다음 세상은 어디일지 모르지만 알 듯도 하다

바닷가 마을에 작은 집이 있어 가끔 들를 때가 있다. 집에는 그 집이 품어 키우는 체취가 있다. 비어 있던 빈집을 열고 들어서면 숨바꼭질하듯 숨었던 체취들이 한꺼번에 꼬리를 치며 달려 나온다. 집과 나는 익숙해진 서로의 체취를 나누는 것으로 그간의 안부를 묻는다.

얼마 전 일이다. 오랜만에 들른 집에서 이상하고 서먹서먹한 냄새가 난다. 문을 열자 훅 치고 들어오듯 서늘하고 낯

선 체취는 분명 집이 기르는 체취가 아니다. 문 앞부터 마루를 지나 화장실 앞까지 낯선 냄새가 흘린 자국들이 노랗게 흩어져 있다. 좁은 계단참에는 낯설고 비린내 나는 발자국이 난분분하게 날아다닌다. 식어버린 윤기를 펄럭이며 냄새를 피우는 건 작은 새의 깃털들이다. 화장실 문을 조심스레 열어보니 바닥 한가운데에 핏기 묻은 잔 솜털들이 소복하다. 등골이 서늘했다.

급히 마루로 뛰쳐나와 닫힌 창을 열기 위해 커튼부터 젖힌다. 커튼 뒤에서 숨어있던 고양이 한 마리가 후다닥 튀어나온다. 온몸의 솜털이 곤두선다. 현관 바깥으로 나가지 못한 고양이는 긴장 상태로 집안 여기저기를 마구 뛰어다닌다. 내보내려는 자와 쉽게 출구를 찾지 못해 당황한 자는 한참 동안 실랑이를 벌인다. 겨우 무단의 침입자를 몰아내고 집안을 살펴보니 지난번에 미처 닫지 않은 것인지 작은 환기창이 열려 있다.

허락도 없이 침입한 냄새를 겨우 몰아내었지만 집안에는 여전히 어둡고 무거운 냄새가 남아있다. 쫓아낼 수 없는, 또 다른 침입자가 남겨 둔 비린 흔적들은 처참했다. 아마 환기창 근처를 자주 찾아오던 딱새였을 것이다.

강한 것과 약한 것이 대립했던 흔적은 무겁고 가볍게 남아 있다. 똥으로 남은 강한 것의 굴욕과 한없이 가벼운 깃털로 남은 약한 것의 두려움이 공존하는 빈자리. 시무룩한 침묵이 고여 있다. 무엇이 가벼운 것이고 무엇이 무거운 것인지, 어떤 것이 강하고 어떤 것이 약한 것인지 모호해진다.

문이란 문을 모두 열고 향을 피운다. 그리고 딱새를 위한 짧은 기도를 한다. 기도하는 가슴 한쪽에는 길고양이에 대한 희미한 미움과 원망을 버리지 못한 마음이 꼼짝하지 않고 있다. 어쩌다가 덤벙대는 한 인간이 실수로 열어둔 창으로 들어온 딱새와 길고양이. 그들에게 나는 빚진 자다. 그런데도 나는 길고양이의 부당한 침략과 야만에 대해서만 일방적으로 분노한다.

집 고양이의 평균 수명은 15년 정도라 한다. 먹이를 얻기 위해 길 위에 사람들이 버린 쓰레기봉투를 헤집고 다니는 길고양이는 다 그렇지는 않지만 온갖 위험에 노출된 채 고작 2~3년 정도밖에 살지 못한다 한다. 상하거나 염분이 많은 음식쓰레기로 굶주린 배를 채우고 시멘트 바닥을 흐르는 깨끗하지 못한 물로 목을 축이며 살아갈 수밖에 없는 길고양이는 온갖 질병에 시달리다 아무도 모르게 사라진다.

방치된 무거움을 천형처럼 이고 사는 녀석들이다. 그들이 한없이 가벼워지는 순간은 생존을 위한 먹이를 포착하고 사냥하는 짧은 순간일 것이다.

식육의 고양이에게 딱새는 순간적으로 무거움을 버리고 최대한 가볍게 날아올라야 얻을 수 있는 사냥의 목표였을 뿐이다. 날개를 달고 어디든 날아갈 수 있는 딱새의 가벼움은 고양이에게는 그 가벼움만큼의 무거움이었을 것이다. 무거움이 가벼워질 순간을 기다리고 기다렸을 고양이의 무거움을 헤아려본다.

무거움과 가벼움은 둘이 아니다. 마찬가지로 강한 것이 꼭 강한 것만이 아니고 약한 것이 꼭 약한 것만은 아닐지 모른다.

미처 날지 못한 채 가벼운 깃털로 남은 딱새의 가벼움은 무거운 두려움이었으리라. 마지막까지 무거웠을 딱새의 두려움이 더는 무겁지 않기를 바란다. 그리고 고양이가 남긴 딱새의 무거움이 깃털처럼 가벼워지기를 기도한다.

바람이 분다. 바람을 타고 향내가 피어오른다. 향의 향기와 바람의 향기는 분별없이 섞인다. 섞인 것들은 사라진 것들이 남긴 무거움과 가벼움의 경계를 지우며 천천히 사라진다. 사라진 것들이 남긴 자리에는 아무것도 없다.

노전암 대웅전이 화재로 사라졌다고 한다. 천 년의 시간이 타고 남은 자리에서 찰나처럼 반짝이는 어떤 경계 하나를 만날 수 있을까. 추운 겨울이 오기 전에 노전암에 다녀와야겠다.

빛을 찾아서

창문으로 들어오는 빛이 곡선으로 휘어 보여 안과를 찾았더니 정밀검사를 권했다. 다행히 큰 이상은 발견되지 않았지만 대기실에서 검사 결과를 기다리는 내내 세상의 온갖 빛을 다 잃은 듯 앞이 캄캄했다. 빛을 잃는 두려움이 죽음보다 더 무겁게 다가왔다.

빛을 볼 수 없는 아이들이 모여 사는 집이라는 '빛의 집'(라이트하우스)에 봉사활동을 간 적이 있다. 바람마저 꽁꽁 얼어붙은 기록적 한파가 몰아친 매서운 겨울 아침이었다.

송도 언덕길에서 내려다보는 겨울 바다 위에는 부서져 흩뿌려지던 햇살의 조각들이 셀 수 없이 반짝이며 떠다니고 있었다. 얼음처럼 날카로운 빛의 조각들이었다. 그것은 얼어붙은 바다마저 산산조각으로 부수고 있었다. 조각 난 바다는 빛의 조각들을 등에 업고 영롱한 보석처럼 반짝였다.

부수고 또 부서지며 바닥으로 갈아앉을 새 없이 다시 위로만 솟구치며 일어서던 빛의 조각들. 눈부셨다. 차마 오래 바라볼 수 없을 만큼 황홀했다. 만화경 속에 떠 있던 색색의 색종이 조각을 한참 바라본 듯 눈을 감아도 잔상이 남아 눈 부신 빛의 향연은 끝없이 지속될 것 같았다.

가늠할 수 없는 시간이 흐른 듯했다. 빛의 향연에서 나를 건져 올린 건 어디선가 들려오던 애잔하고 구성진 관악 합주 소리였다. 라이트하우스의 아이들이 이른 아침부터 강당에 모여 방문 봉사자들을 환영하기 위해 마지막 리허설 연주를 하고 있었다.

빛을 볼 수 없는 아이들은 잃어버린 빛의 나라를 찾아가고 있었을까. 관악의 아름답고 구슬픈 가락은 한 가닥으로 엮여 굵은 빛의 줄기가 되어 겨울 바다 위 빛의 조각들과 함께 어우러지며 둥둥 떠다니고 있었다.

잃어버린 빛들은 눈 부신 빛의 조각으로 되살아나서, 마치 바다는 강물처럼 어디론가 흘러가고 있었다. 보이는 빛 위를 떠다니는 보이지 않는 빛은 완벽하게 하나가 되어가고 있었다. 그날의 합주는 분명 경쾌한 리듬의 4박자 행진곡이었지만 내 기억에는 슬픈 계면조의 가락으로 저장되어 있다.

지난 연말 우연히 송도 바다를 지나다 문득 그날의 장면들이 떠올랐다. 그때 그 빛의 집은 아직도 있을까 궁금했다. 비현실적인 감상感傷으로 남은 빛의 실재實在를 다시 확인하고 싶었지만 오래된 흑백사진처럼 희미해진 기억의 끝자락으로 사라진 시간을 찾아가는 길은 어둡고 힘들었다. 새로 들어선 빌딩의 화려한 조명에 가려진 빛들은 그날의 흔적조차 찾을 수 없게 사라진 듯했다.

강과 산이 한참 바뀌고도 남을 정도로 오랜 시간이 흘러선지 그날의 실재를 찾아가는 길은 초행길처럼 낯설었다. 이제 더 이상 부산의 낙후된 변두리 지역이 아니라고 높이 솟은 빌딩 숲 사이에는 현란한 조명의 불빛이 번쩍거린다. 철저한 장삿속으로 포장되어 무서운 속도로 변모하고 있는 그곳에서 흩어진 옛 빛을 주워 모으듯 그날의 시간들을 모으기는 힘들었다. 눈 부신 빛으로 일어나던 겨울 바다와 어우러져 찬연한 슬픔처럼 솟구치던 그 빛들은 신기루처럼 사라지고 없었다.

고층 건물의 불빛들이 하나둘 켜지기 시작하는 언덕을 걸어 내려오면서 반짝이는 모든 순간들은 반짝이는 속도보다 더 빠른 속도로 사라지는 것임을 생각했다. 그리고 이미 사라진 것을 샅샅이 뒤져 잃어버린 것을 찾아내는 일은 너무 멀고 아득한 불가항력임을 절감했다. 캄캄한 바다를 내려다

보며 사라진 그날의 모든 빛들에게 쓸쓸한 안녕을 고했다.

안과를 다녀온 후 잃어버린 것과 사라지는 것에 대해 생각해 본다. 잃어버린 것과 사라지는 것은 같은 듯 다르다. 잃거나 사라지거나 남겨진 부재의 상처는 같을지 모른다. 그러나 어찌 할 수 없는 안타까움은 잃는 것보다는 사라지는 것이 더 진하게 남는 것이 아닐까. 그것은 적어도 사라지기 전까지 잃지 않게 갈무리할 수 있는 기회를 놓쳐버린 때문이다.

어딘가 찾아야 할 빛이 남아 있다고 믿고 포기하지 않는다면, 잃어버렸다고 여긴 빛들은 다시 살아나 우리를 반기지 않을까. 우리가 걸어가야 할 길을 환하게 밝힐 한 줄기 빛이 아직 거기 어딘가 남아있을지 모른다.

아직 남아 있는 빛이 마지막 경고처럼 두 눈을 찌른다. 찔끔 눈물이 났다.

그냥

'그냥'이라는 말 속에 녹아 있는 무작위의 자유가 좋다. 이유나 의도가 사라진 빈자리, 보이지 않게 스며든, 어디에도 걸리지 않는, 온유하고 평범한 표정이 좋다. 언제 툭 던져도 무례하지 않을 말. 어디든 함부로 굴러가서 누구를 다치게 하거나 아프게 하지 않는 말이다. 뭉글뭉글 일었다가 기척도 없이 홀연히 이우는 흰 구름처럼 기분 좋은 말이다.

때론 너무 작위적이지 않아 더 의심스럽기도 하고 너무 의도적이지 않아 심심하고 시시할 때도 있다. 말갛게 웃고 있을 때가 더 많은 '그냥'이라는 말. 그 말의 뒤쪽에 도망가기 좋은 뒷구멍이 있다고 해도 그냥 용서해 줄 것 같다.

성당에서 새벽 기도를 하던 여성이 괴한의 흉기에 찔려 사망한 사건이 있었다. 범인은 관광 목적으로 혼자 제주에 온 중국인이었고 희생당한 여성과는 아무런 일면식도 없는 관계로 밝혀져 충격을 주었다.

코로나로 오래 닫혔던 세상이 풀리면서 뚜렷한 이유도 없이 '그냥' 저지르고 보는 폭력적인 사건들도 여기저기서 걷잡을 수 없이 튀어나온다. 금단의 줄을 걷고 나온 금지된 폭력 사건들이 잦아지고 있다. 다중시설에서 게임하듯 사람들을 무차별 공격하고 무연고의 선량한 가장에게 이유 없는 응징이라며 긴 일본도로 휘둘러 가정과 사회를 파괴시킨다

'묻지 마'라는 그들의 범죄는 '그냥'을 서툴게 흉내 낸 짝퉁의 망언이다. '묻지 마' 앞에 세운 '그냥'은 용서할 수 없는 말이 되었다. 범인의 입에 갇혀 있다가 무례하게 튀어나온 '그냥'은 그냥 참담하고 억울하다. 어쩌면 '그냥'에게 내가 속고 있던 컴컴한 뒤가 정말 있었던 걸까 의심스럽다. 한 번도 이의를 단 적이 없는 '인과응보'의 의미를 다시 생각해 본다.

화禍와 복福의 이치는 간단명료하고 단호하다. 아무리 세상이 변했더라도 인과를 따르지 않고서 무작위로 '그냥' 오는 길흉화복은 거의 없다. '그냥' 화를 당할 수도 있고 '그냥' 복도 받을 수 있다면 길흉화복은 로또처럼 황당한 우연이 되고 말 것이다.

착하고 정직하기만 한 친정 오빠가 겪는 이유 없는 불행을 말하며 선한 사람이 복을 받고 악한 사람이 벌을 받는다는 길흉화복의 이치를 더는 믿지 못하겠다고 탄식하던 이

웃을 떠올린다.

오래전 신문의 1면에 실렸던 보도 사진도 잊히지 않는다. 피투성이 얼굴을 하고 무덤덤한 표정으로 앉아 있던 알레포의 소년, 어설프게 만든 부모의 돌무덤 사이에서 일상처럼 잠이 든 아이, 그리고 터키 해변에 얼굴을 파묻고 엎드린 쿠르드의 어린 주검. 쿠르드가 입은 빨간 티셔츠와 청색의 반바지가 너무 생경해서 그 어린 주검을 죽음으로 받아들이기 힘들었다. 어느 날 닥친 그들의 불행은 그들에게는 '그냥' 다가온 불행이다. 일상을 파괴하는 느닷없고 치명적인 폭력이 '그냥' 일어날 수 있는 것이라면 세상은 얼마나 슬프고 두려울까.

상상도 할 수 없이 무자비한 폭력이 일상의 장소에서 평범한 사람들을 무참하게 희생시킨다면 폭력의 이유로 내건 '그냥'은 잔인하고 무책임하기 그지없는 말이다. 순진무구의 가면을 쓴 '그냥'은 부조리와 야박하고 매몰찬 표리부동이다. 그렇다면 '그냥'을 거부할 때가 온 것이다. '그냥'은 억울할지라도 그냥 거부해야 하는 말이 된 것이다.

그런데도 여전히 납득하기 힘든 불행에 대해서 어떤 토도 달지 않고 '그냥' 받아들이는 사람들이 있다. 하나뿐인 나의 언니도 변함없는 '그냥'처럼 살아간다. 생인손을 오래 앓아 뭉개진 손가락 같은 내 언니, 아무리 힘들고 어려운 상황들도 '그냥' 담담하게 받아들이며 웃음을 잃지 않던 드문 사람이다. 건강하지 못한 불편한 몸으로 누구보다 온유했던 언니를 생각하면 '그냥'은 함부로 내치기 힘든 말이다.

어떤 그물에도 걸리지 않고 지나가는 바람처럼 흔들리지 않았던 언니. 언니의 '그냥'은 불가사의하고 불가해한 무색무취의 언어다. 언니를 생각하면 '그냥'은 언니이고, 언니는 '그냥'이다.

대승 경전인 금강경에서 '그냥'을 위한 변론 아닌 변론이라 멋대로 생각했던 경구가 있다. 대부분의 경전이 그렇듯 금강경 또한 금강경을 독송하여 얻을 수 있는 헤아릴 수 없는 공덕을 설하고 있다. 그러나 실재하는 현실은 금강경을 읽고 사경하고 마음에 새긴다고 누구나 세간의 행복을 누리며 살 수 있는 것이 되지 못한다. 오히려 선량하고 어진 이들인데도 그들의 현실은 더 힘들고 궁색한 경우가 적지 않다. 그런데 금강경에는 단순히 인과로만 결론 내릴 수 없는 화禍와 복福의 이치를 잠시나마 수긍할 수 있게 해주는 부분이 있다. 그 부분을 읽을 때마다 울컥해진다.

"금강경을 읽고 사유하면서 수행하는 사람이 남에게 천대와 멸시를 받는다면, 그 사람은 분명 전생에 지은 죄업 때문에 악도에 떨어질 운명을 타고난 것이지만 금강경을 독송한 공덕으로 악도에 떨어지는 대신 천대와 멸시를 받는 것으로 전생의 죄를 소멸하게 된다"

끝물 더위가 유난히 견디기 힘들다. 가끔 아침저녁으로 잊었던 기억처럼 선선한 바람이 불어오는 걸 보니 가는 계절에게도 오는 계절에게도 이러쿵저러쿵 토를 달지 않아야겠다. 모든 것은 '그냥' 지나갈 것이다. 그리고 '그냥' 올 것이다.

아무리 힘든 시간도 지나고 돌아보면 '그냥' 그리워질 것이다. 그럴 때마다 '그냥'은 내 언니처럼 속없이 나를 보며 웃어줄 것이다.

동병상련에 대하여

'바라미'는 순하디순한 귀를 가졌다. 예전처럼 잘 듣지 못해도 제 이름을 부를 때마다 오롯이 세운 두 귓속에 그득한 진심은 여전하다. 누군가에게 제대로 귀 기울이지 못하는 내가 가장 부끄러움을 느끼는 부분이다.

바라미가 최고의 기쁨을 표현하는 것은 제 똥 앞에서이다. 강아지 때 배변 습관을 가르치느라 정해진 자리에 똥을 누면 식구들이 넘치게 칭찬을 했었다. 똥을 누고 쏜살같이 달려와 춤을 추듯 귀를 펄럭이며 기쁨을 표현하는 바라미의 똥 앞에서 역겨운 표정을 지을 수가 없다. 어쩌다 우리에게도 똥은 최고의 기쁨이 된 것이다.

밀란 쿤테라의 소설 「참을 수 없는 존재의 가벼움」에도 스탈린의 아들인 이아코프와 똥에 대한 일화가 나온다. 스탈린의 아들이었던 아아코프는 전쟁포로가 된 후 수용소의 공동변소에 배설한 똥을 치우지 않았다. 이아코프는 똥을 치우는 문제로 끝까지 고집스런 언쟁을 벌이다 결국 고압전기가 흐르는 철조망에 붙어 숨을 거둔다. 똥 때문에 목숨까지 잃은 이아코프의 생각과 행동을 누구도 이해하지 못했지만 어쩌면 이아코프의 이해받을 수 없는 행동에는 그만의 어떤 메시지가 있었을 것이다. 이아코프가 똥으로 전달하고자 했던 메시지가 통할 수 있었다면 그의 결말은 달라졌을지 모른다. 똥과 기쁨, 똥과 목숨처럼 도저히 줄긋기가 어려운 어떤 극과 극이라도 통할 수 있는 지점은 있을 것 같다.

바라미의 나이를 사람의 나이로 환산해 보면 거의 구순에 가까운 노인이다. 고령의 반려견은 어중간하게 나이 먹은 내게 까마득하던 저녁이 오고 있다고 일깨운다.

생로병사는 진화생물학의 관점에서 보면 야멸친 순리이다. 그 법칙은 참 냉엄하다. 모든 생명체는 태어나서 죽을 때까지 몸속에 각인된 유전자의 흐름에 따라 병들고 죽어가게 되어 있다. 죽어야 다시 태어나고 더 진화한다. 죽음은 유전자가 개체를 보존하고 진화하기 위한 하나의 과정이기도 하다.

대부분의 생명을 가진 것들은 타고난 유전자대로 살다 죽어 가지만 인간만은 피할 수 없는 것임을 알면서도 늙지 않고 오래 살기 위해 온갖 연구와 노력을 기울인다. 인간에게는 죽음보다 두려운 것이 노화인지 모른다.

법구비유경에 절세미인 렝게에게 물질의 허상을 깨닫게 해준 부처님 이야기가 나온다. 렝게와는 비교할 수도 없을 만큼 아름다운 여인의 모습으로 렝게 앞에 나타난 부처님은 영원할 것 같던 아름다운 몸이 순식간에 백발이 되고 죽고 썩어 구더기가 나오고 백골이 되어가는 모습을 실시간으로 보인다.

이 세상에는 아무리 원해도 얻지 못하는 것, 청년이나 장년들도 반드시 늙는다는 것, 아무리 건강한 자라 할지라도 언젠가는 죽는다는 것, 형제자매가 모여 즐겁더라도 언젠가는 헤어질 때가 돌아온다는 것, 아무리 부자라도 그 부귀는 언젠가 그의 곁을 떠난다는 사실을 깨닫게 한다.

바라미에게 불성이 있는지 없는지 알 수는 없다. 그러나 하루가 다르게 변해가는 바라미의 모습에서 모든 생명의 생로병사가 하나임을 받아들이게 된다. 어느새 나보다 더 늙어버린 바라미를 보며 영원한 것은 아무것도 없다는 이치를 새삼 생각한다. 바라미가 내게는 선지식이다.

바라미는 우리를 위해 더는 재롱을 부리지 않는다. 조그만 소리에도 예민하게 반응하던 청력도 시들해져 크게 이름을 불러도 못 들을 때가 많다. 눈동자는 뿌옇게 흐려져 자꾸 어디엔가 부딪히기도 한다. 깔끔하던 배변 습관도 허술함을 자주 보인다. 무엇보다도 잠이 많고 무기력하다. 그런 모습 속에 나의 모습이 언뜻 보인다. 우리는 어쩔 수 없는 동병상련을 느끼며 사는 사이가 되어간다.

사월이면 부처님 오신 뜨락에 환하게 연등을 밝힌다. 연등 아래에서 여전히 보이지 않고 볼 수 없는 캄캄한 것들을 생각해 본다.

캄캄함 속에서 더 잘 보이는 것들이 있다.

자연이 차린 밥상

제대로 맛을 낸 음식 앞에서 생각나는 이가 없는 사람은 정말 강하거나 아니면 진짜 외로운 사람이라 한다. 유년의 두레 밥상을 떠올리기만 해도 마음 한켠이 따뜻해지는 건 함께 밥을 먹던 식구들이 함께한 때문이다.

어머니는 소박하지만 사계절을 고루 버무린 정갈한 밥상을 차렸다. 계절 따라 식구들의 밥상 위에 오르던 별식 중에는 도톰하고 노릇노릇 잘 구워진 가을 갈치가 있었다. 아버지 앞에 놓인 가을 갈치는 유난히 도톰했다. 아버지는 잘 구워진 도톰한 갈치 살점을 젓가락으로 가시를 발라내고 차례대로 우리들의 숟가락 위에 얹어주곤 했다. 이제껏 그때의 갈치 한 점 맛보다 맛난 갈치를 먹어 본 적이 없다.

소박하고 평범한 음식보다 흔치 않은 음식에서 느끼는 독특한 미감을 최고로 여기는 사람들이 점점 많아지고 있다.

그들은 오로지 혀끝부터 화끈하게 끌어당기는 자극적인 맛에 열광한다. 자연스럽지 못한 특이한 과정을 거쳐 희소가치를 덤으로 내세운 음식을 찾아다니며 경쟁적으로 사진을 찍어 올리고 자랑한다. 특별한 미각에서 행복을 느끼는 사람들을 굳이 탓할 생각은 없지만 부자연스럽고 폭력적인 방법으로 얻는 미각에 집착하는 현상은 증오스러울 때가 있다. 특별하다는 그 맛에 얼마나 많은 사람들이 공감을 할 것인지 전혀 궁금하지도 않다.

푸아그라는 미식가들이 꼽은 최상의 미각을 느낄 수 있는 3대 요리 중 하나라고 한다. 건강한 거위 주둥이에 깔때기를 꽂고 강제로 콩을 먹여 억지로 간경화를 유발한 후 10배 이상 커진 간으로 만든 요리다. 탐욕에 가까운 인간의 억지스러운 식감을 위해 거위를 움직이지 못하게 고정시킨 채 약 한 달간 300g의 사료를 하루에 세 번씩 강제로 먹여서 얻는다니 인간의 잔인함이 어디까지인지 가늠하기 어렵다.

커피 열매를 먹은 사향고양이의 대변에서 채취한 고급 커피 르왁도 푸아그라 못지않은 폭압의 맛이다. 사향고양이가 먹은 커피 열매는 껍질과 과육만 제거된 원두의 온전한 상태로 변과 함께 배출된다. 사향고양이의 소화기관을 거치는 동안 소화기관의 효소가 원두를 발효시켜서 특유의 떫고 구수한 풍미가 더해진다는 것이다. 독특한 생산 과정 때문에 생산량이 한정되고, 이로 인해 가격은 아주 높아진다. 한 동물보호단체가 수마트라섬에 있는 한 농장의 실태를 폭로한 영상을 본 적이 있다. 닭장처럼 비좁은 우리에 갇힌 사향고양이들은 극심한 스트레스를 받아 수명도 채우지 못하고 비참하게 죽어가고 있었다. 극도로 예민하고 복잡하던 그 눈빛들이 전하는 말을 고스란히 이해하기는 어려웠지만 잊히지 않는다.

대장내시경 검사를 하려면 먼저 장을 깨끗이 비우는 약을 먹는다. 약을 물에 섞어 양껏 마시고 억지로 힘들게 배설을 위한 배설을 해야 한다. 한 번이라도 이런 검사를 받은 경험이 있는 사람이라면 억지스러운 섭식 못지않게 억지스러운 배설도 얼마나 힘 드는지 알 것이다. 평생 동안 그런 고통스러운 경험을 끝도 없이 해야 한다면 건강을 위한 검진이 아무리 필요한 것이라 해도 쉽게 시도하기 어려울 것이다. 끝내야 할 끝이 없는 탐욕이 야기한 이상 식욕은 반드시 억제해야 한다.

똥구멍이 찢어지게 먹는다는 표현이 있다. 소나무껍질까지 벗겨 먹느라 미처 소화되지 못한 거친 껍질이 여린 살에 상처를 내었던 배고픈 시절의 말이다. 배고픈 시절의 이야기라 하지만 요즘도 충분히 적용되는 말이다. 못 먹어서라기보다는 너무 많이 먹어서 민망할 정도로 배설을 하게 되고 그래서 항문에 탈이 난 경우에 더 적절하게 쓸 수 있는 말이 되었다니 마냥 웃을 수만은 없다. 굶주림보다는 지나친 섭생과 식탐이 우리에게 주는 불행한 결과를 경계하라는 말로 받아들여야 할 것이다.

잡식동물인 인간이 맞닥뜨리는 섭식의 딜레마를 쉽게 풀기는 어렵다. 얼키설키 엉킨 실타래처럼 섭식의 딜레마는 심각하고 복잡하다. 그러나 심하게 엉킨 실타래도 어딘가 차근차근 풀어나갈 수 있는 실마리는 있기 마련이다.

어쩌면 가장 자연스럽고 쉬운 생각을 실천하는 것에서 최고의 해법을 찾을 수 있지 않을까 한다. 부족하지도 않고 과하지도 않았던 어머니표 자연밥상에 하나의 해법이 있으리라 생각한다. 한 계절을 온전하고 소담하게 부족한 듯 넘치지 않게 차린 어머니의 두레 밥상이 그리운 이유이다.

늦더위가 만만치 않다. 올가을은 끝물 여름이 몰고 온 폭우 때문에 사람도 자연도 힘들었다. 지난 추석은 일찍 서둘러 익은 과실들 때문에 제대로 잘 익은 자연스러운 맛을 느끼지 못하고 밍밍하고 싱거운 맛으로 명절을 보냈다.

잘 익은 포도의 끝맛을 맛볼 때면 릴케의 가을날이 떠오른다. 포도주의 마지막 단맛을 위해 경건한 기도를 올리던 릴케를 떠올리면 늦게라도 뜨겁게 내리쬐는 한낮의 뙤약볕이 고맙다.

자연이 차려주는 정갈한 밥상 위에 놓인 노릇노릇 잘 구워진 도톰한 가을 갈치 한 도막이 그리워지는 계절이다.

케이크 한 조각

일간신문에 게재된 부고訃告란을 무심코 들여다볼 때가 있다. 언젠가 나의 죽음을 꼭 알려야 할 누군가는 나의 죽음을 슬퍼할까. 그 누군가는 누구일까. 무심코 하는 생각이지만 결코 무심히 흘려보내기에 생각의 무게는 가볍지 않다.

누구나 죽는다는 사실을 받아들이면서도 죽음이 당장의 일임을 잊고 살아간다. 셸리 케이건은 저서 『죽음이란 무엇인가』에서 죽음의 문제를 치밀한 논리로 풀어 내리고 있다. 죽음을 다룬 책이어서 그런지 읽어내는 것이 죽을 것처럼 힘이 들었다. 다양한 예시를 들어가며 죽음의 문제를 파고드는 논리를 따라가다 보면 어느새 책의 후반부에 이르게 된다.

끝까지 책을 읽고 난 후에는 힘든 읽기를 마친 스스로가 대견하고 뿌듯하다. 죽음이라는 어두운 터널을 통과한 것처럼 죽음의 여러 모습을 진지하게 바라보는 동안 죽음에 대한 두려움을 다소 덜 수도 있어 위로가 되었다.

셸리 케이건은 스스로를 이원론자가 아니고 물리주의자라고 말한다. 영혼의 존재를 믿지 않으며 따라서 육체의 죽음으로 모든 것은 끝난다고 말한다. 그에게 죽음 이후의 세상은 없다. 좀 더 유보적으로 말한다면 아직까지는 영혼의 존재를 논리적으로 수긍할 수 없기에 영혼은 없다고 말한다.

그러나 나는 영혼의 존재를 믿어 왔고 그리고 여전히 믿고 싶다. 그런데 이 책을 읽는 동안 죽음과 영혼에 대한 나의 생각과 느낌이 자주 흔들리곤 했다.

의사들의 대담집인 『의사들, 죽음을 말하다』를 소개하는 글에서 읽은 것이다. 저자인 의사들은 사후세계는 분명히 존재하는 장엄하고도 장대한 세계라고 말한다. 죽어서 육신을 벗어나면 영혼은 진동하는 에너지체로 존재하게 되며 진동의 주파수가 비슷한 곳으로 따라가게 된다고 한다. 의사들은 누구보다 객관적이고 과학적으로 죽음을 마주하는 전문가들이 아닌가. 죽음을 가까이에서 접하고 사는 그들이 영혼과 사후세계의 존재를 인정하는 것 같아서 죽음과 죽음 이후를 다시 받아들이게 해준다.

그러나 케이건 교수처럼 물리주의적 입장에서 죽음을 생

각하고 영혼의 부재를 인정할 수만 있다면 마음은 참 편할 것 같다. 복잡하게 얽힌 영혼의 문제와 영혼의 존재가 주는 감상적感傷的인 죄의식과 죽은 이를 향한 불가항력의 그리움을 다소 벗을 수 있을 것 같아서다.

나의 영혼이 없다면 지금 여기에서 끊임없이 일어나는 복잡다단한 나의 생각들도 죽음과 함께 멈추게 될 것이다. 따라서 살며 집착했던 모든 희로애락의 대상도 나의 소멸과 함께 끝나버릴 수 있는 것이다. 모든 것이 완전히 멈춘 완벽한 고요는 생각만 해도 마음이 편안해진다. 완전한 고요보다 조용하고 깔끔한 삶의 마무리가 또 있을까.

그러함에도 나는 아직은 영혼이 없다는 생각에는 선뜻 공감하기가 서운하다. 완전한 멈춤이 주는 열반 같은 고요가 찾아와 나를 에워싼 모든 번뇌의 군더더기가 사라진다 해도 아직은 완전한 소멸보다 소멸해서는 안 될 애틋하고 소중한 것을 모두 잃고 싶지는 않다는 마음이 먼저이다.

지난여름 느닷없는 사고로 남편과 사별한 선배가 있다. 선배 부부는 유난히 정이 깊었다. 사별의 아픔으로 두문불출하던 선배는 머지않아 남편과의 만남을 믿고 기다리기 때문에 외롭고 힘든 아픔을 덜 수 있다고 말한다. 영혼이 존재한다는 믿음이 주는 위로가 홀로 남은 자들에게 얼마나 크나큰 힘인지 알 것 같다.

영국의 등산가 프랭크 스마이드는 에베레스트 등반 중에 산에서 혼령을 만난 적이 있다고 한다. 등반 도중 줄곧 누군가 같이 있다는 느낌을 받았다는 것이다. 그 느낌이 너무 생생해 케이크 조각을 건네기도 했을 정도였다 한다.

보고 싶은 사람을 다시는 볼 수 없는 죽음. 그 죽음을 받아들이기 힘든 이유는 상실의 슬픔보다 죽음 앞에 아무것도 할 것이 없다는 두려움이 더 크기 때문이 아닐까. 아무도 피해 갈 수 없다는 죽음. 우리가 죽음을 슬퍼하는 이유는 죽음이야말로 완전한 소멸이고 당연히 우리는 억지로라도 죽음은 소멸임을 받아들여야 하기 때문이다.

누구도 피해 갈 수 없다는 죽음이라는 불가항력을 부인할 수는 없지만 작은 케이크 한 조각을 건넬 수 있는 영혼의 존재가 있다고 생각하면, 죽음은 잠시 동안의 이별이다. 그렇기 때문에 부재의 허허로움을 견딜 수 있을 것이다. 짧은 이별 앞에 선 죽음을 너무 길게 슬퍼하지 않아도 될 것이다.

작은 케이크 한 조각은 남은 자들에게 죽음이 건네는 충분히 넉넉한 위로가 아닐까.

5부

사라진 것은 흔적이 없다

사라진 것들은 책갈피 속에서 몰래 쌓여가고 있는지 모른다.

쌓인 것들은 한 발자국도 다음으로 나가지 못한 우리처럼,

어제의 입구를 지키고 있다.

시가 왔다 간 흔적

아파트 승강기에 비치된 모니터에 짧은 시를 올린 적이 있다. 과연 시가 사람들의 바쁜 일상을 뚫고 들어가 이웃들의 마음에 짧게라도 자리 잡을 수 있을까. 어떠한 기대나 확신 없이 시작한 일이었다. 그런데 의외로 생각 못 한 반응들이 왔다. 시와 무관하게 여긴 이웃들이 시를 좋아하고 즐겨 읽고 심지어 새로 게재될 시에 대한 기대와 기다림을 내비치기도 했다. 일상 밖에서 겉돌고 있다고 여기던 시가 사람들의 일상 속으로 조심스럽게 걸어 들어가는 순간 사람들은 '시가 된 일상'을 품기 시작했던 것일까. 시가 남기고 간 메모 같은 흔적을 읽으며 새로운 시를 기대한다.

시는 발견이다. 장 그르니에는 낯익은 대상을 낯설게 바라볼 때 시가 온다고 했다. 낯익은 대상들을 낯설게 바라보는 순간은 지금까지 너무 익숙해서 쉽게 지나쳐버린 대상 속에 숨어 있는 새로운 세상을 발견하는 시간이다. 새롭게 발견한 세상 속에서 나 자신도 몰랐던 '새로운 나'를 만난다. 결국 시를 품는다는 것은 일상 속에 숨은 또 다른 나의 모습을 만나는 일인지 모른다.

누구에게나 시는 온다. 그저 그렇던 일상들이 문득 낯선 표정과 눈빛을 하고 있음을 발견하는 순간 익숙하고 무료한 일상이 시가 된다는 것은 결코 작지 않은 기쁨이다. 나는 이웃들의 표정과 반응에서 시가 왔다 간 흔적을 읽는다.

영화 〈일 포스티노〉는 시에 대해 아무것도 몰랐던, 겨우 글이나 읽을 줄 알았던 집배원 마리오에게 어떻게 시가 찾아오는지 보여준다. 영화는 시를 좇아가는 마리오의 아름다운 여정이라고 할 수도 있겠다. 위대한 시인이 아닌 평범한 일상을 사는 대부분의 사람들에게도 시는 삶을 아름답게 바꿀 수 있는 충분한 힘을 가졌다는 것을 알게 한다.

아름다운 바다로 둘러싸인 이탈리아의 한 작은 섬에 유명 시인 파블로 네루다가 도착하는 것으로 영화는 시작된다. 집배원인 마리오는 네루다에게 우편물을 배달하면서 네루다에게 깊은 우정을 느낀다. 그리고 서서히 시에 관심을 갖는다. 시를 가르쳐달라는 마리오에게 네루다는 함께 바닷가를 산책하며 직접 대상을 통해 얻는 깨달음과 느낌을 경험할 수 있도록 이끌어 준다.

시는 쓴 사람의 것이 아니라 그 시를 필요로 하는 사람의 것이라고 생각하던 마리오에게 마침내 그의 시가 찾아온다. 마리오는 시인 네루다와의 만남을 통해 시를 발견하는 눈을 얻는다. 새로운 눈을 통해 바라보는 세상 속에서 무심하게 지나치던 자신의 순수한 자아를 발견하게 된다. 마리오는 "그를 만나는 순간 아름다운 세상이 보였다"고 시가 오는 순간의 감동을 이야기한다. 네루다는 대상을 직접 경험하는 것이야말로 시를 가장 잘 이해하고 쓸 수 있는 것이라 생각하여 마리오가 자연스럽게 대상을 경험하고 마리오만의 느낌을 가질 수 있도록 이끈다.

시는 가끔 작은 이적을 꿈꾸게도 한다. 나조차 낯설게 바라봄으로써 익숙해 있던 나를 벗고 또 다른 나를 만나는, 반전 같은 이적을 가능하게 한다. 이즈음 독서토론 모임을 함께 하던 회원 한 사람이 세상을 떠났다. 지난 일 년 동안 힘든 투병의 시간 속에서도 그는 열심히 시를 읽고 소설을 썼다. 그가 문학과 만나는 시간은 미처 몰라서 지나친 일상들을 낯설게 바라보는 시간이었는지 모른다. 시를 쓰고 소설을 쓰는 동안 그는 너무 익숙해서 무심히 지나치던 일상 속의 자신을 벗어던지고 낯설고 새로운 세상을 바라보게 된 자신을 발견했다고 한다. 문학과 그는 익숙함이 가린 낯선 경이로움에서 동시에 출발한 선과 선으로 이어져 하나가 되었을 것이다.

그는 지금 거기에서 힘들고 아팠던 여기의 모든 것을 다 품을 수 있는 충분한 힘을 얻었을 것이다. 마지막 순간을 앞두고도 병마에 시달린 야윈 몸이 한없이 가볍고 맑아 보였기 때문이다.

죽음의 두려움마저 낯설게 바라볼 수 있게 하는 어떤 세상을 경험했다면, 낯선 죽음 뒤 또 다른 새로운 세상을 받아들일 수 있었을 것이다. 마지막까지 의연했던 모습은 그가 이룬 작은 기적이며 동시에 멋진 시작이다. 지난 모임에서 그의 빈자리는 크고 쓸쓸했지만 잠깐 다녀간 듯 희미한 온기가 느껴졌다.

호된 감기를 몇 번이나 앓고 보내느라 유난히 춥고 힘들었던 겨울 내내 날 선 통증에 시달렸다. 힘든 시간도 낯설어질 때 오히려 힘듦에 맞설 수 있는 새로운 힘과 용기가 생기는 것 같다. 성급하게 따스한 봄을 기다리는 지금의 나도 낯설다. 낯섦 속에 꼼지락거리는 것이 있다. 그것이 무엇인지 어렴풋이 느낄 수 있다.

겨울이 가고 있다. 지난 주말에는 햇살 속에 숨은 봄기운이 제법 완연했다. 통도사 영각 앞에 서 있는 홍매에도 몽글몽글 봄물이 오르고 있었다.

막상 봄이 오면 봄을 놓치곤 했다. 다가오는 봄은 좀 더 새롭게 바라보고 싶다. 멀리 도망갔던 시들이 봄과 함께 오고 있을지 모른다. 익숙한 걸음걸이 속에 낯선 발자국 소리 하나가 들리는 것 같다.

복고라는 품격

지난밤은 적당히 바람이 불었다. 잠결에 듣는 빗소리는 정답고 조곤조곤했다. 친구의 꿈을 꾼 것 같다. 병 든 어머니를 간호하느라 새들새들 시들어가던 친구는 방금 신접살림을 차린 고운 홍안의 새댁 모습을 하고 있었다. 그리고 나는 누구를 위한 것인지 끊임없이 청소를 하고 있었다. 치워도 치워도 넓어지는 집에서 누군가의 새벽밥을 짓고 있었던 것 같다. 빗소리에 젖은 불꽃이 자꾸 꺼졌다. 차분히 다시 불을 붙이고 찌개를 끓이는 동안 시간은 새벽을 향해가는 느낌이었지만 눅눅한 어둠 속에서 불현듯 혼자 있을 언니가 걱정되었다. 오늘은 언니에게 가보아야지 중얼거리다가 두서없는 꿈에서 깨었다.

새벽에 꾸는 꿈들은 뒤죽박죽이고 신산하다. 꿈에서 깨어 한참을 멍하니 앉아 꿈 같은 빗소리를 듣는다. 싸한 가슴 한 켠이 쉬이 갈앉지 않는다. 침대 옆에는 지난밤 읽다 둔 『집은 텅 비었고 주인은 말이 없다』가 말없이 펼쳐져 있다. 잠들기 전까지 조재형의 산문집 속에서 이런저런 이유들로 잊은 척 묻어둔 이들을 만나본 것이 덧난 가슴앓이처럼 꿈으로 이어졌나 보다.

지난밤 나는 잠시 빈 집의 말 없는 주인이 되었던 것일까. 너무 바쁘다는 핑계로 잊었다가 다시 기억하는 일이 새삼스럽고 힘에 부쳐 끝까지 모른 척하려던 것들을 꺼내본다. 꿈속까지 찾아온 사람들과, 시간을 지나온 집들과, 기억조차 구부러진 골목길, 배경처럼 서 있던 나무와 먼 산을 떠올려본다. 그 모두는 이미 비처럼 스며들어 아무리 쓸어내고 닦으려 해도 쉽사리 지워지지 않는다. 더 넓고 더 멀리 번져갈 뿐이다.

조재형 시인의 산문 『집은 텅 비었고 주인은 말이 없다』를 읽는 시간은 낯설지 않은 기시감 속으로 빠져들게 한다. 아련하고 스산하고 뭉클하고 흐뭇하고 기쁘기도 한 온갖 마음들이 빈집을 꽉 메우는 시간이다.

삐걱거리는 그 집의 나무 대문을 열고 들어간다. 귀퉁이가 떨어져 나간 손잡이는 여전히 따뜻하다. 안마당에 천천히 내려앉는 바람에서 잘 띄운 푸른 곰팡내가 난다. 햇살은 말갛고 떠다니는 공기는 처연하고 잔잔하다.

누군가 몰래 다녀간 듯 뒷마당에는 식지 않은 온기가 남아 있다. 그런 것들은 서로 잘 어우러져 오랜 그리움의 덩어리를 이루고 있다. 빈집이 웅얼거리는 말을 말없이 듣는다. 돌아갈 수 없는 시간인지, 돌아갈 수 있어도 돌아가고 싶지 않은 시간인지, 가늠하기 힘든 모호한 경계 속에 집은 떠 있다. 모호하기에 더욱 모호했던 존재들은 잠시 또렷해진다. 언니와 친구들도 거기에 그렇게 떠 있었다. 나는 그들에게 미처 하지 못한 미안함을 전한다. 까무룩하고 아스라하게 속울음이 새어 나온다. 너무 할 말이 많아 말문을 닫고 명치 아래 깊숙이 숨긴 울음 때문에 비 내리는 밤이면 불명의 신열을 앓았던 것인지 모르겠다. 이제 와서 왜 나는 작가의 빈집에 들어서서 빗물 같은 시간을 기억하고 있는가.

작가의 빈 집에는 복고라는 시간의 품격이 그득하다. 다시 돌아갈 수 없는 세상을 받아들여야 하는 지금, 너무도 적절한 이 계절에, 작가는 자백과 고백 사이에 복고라는 시간의 집을 단단하게 지었다. 단순히 오래된 것, 낡고 촌스러운 것, 뜬금없는 것이 결코 아닌 세련된 복고의 지붕을 얹은 집. 그가 완성한 집에서 새로운 가치를 저장한 복고라는 시간의 품격을 만난다. 그 집은 오랜만에 찾아갔는데도 흡족한 표정으로 맞아주는 산 같아서 바라보기 편안하다. 행운

마저 숨기고 살아가는 질투의 도시를 깨끗이 잊게 만드는 집이다. 그 집 앞에는 자기들만의 걸음걸이로 새롭게 나이테를 만들어가고 있는 나무가 자란다. 흔한 듯 흔하지 않고 예스럽되 새롭다. 복고 아니면 누릴 수 없는 시간의 품격을 품고 있다. 그 품격은 복고의 완성에서 절정을 맞을 것이다.

작가의 집에서 나는 다시 맛볼 수 없는 자장면의 기억처럼 다시 맛볼 수 없기에 가장 간절한 맛으로 박제된 순간을 만난다. 낯선 이야기라고 말한 이야기들은 전혀 낯설지 않다. 다시 오지 않을지 모르는 세상이어서 오히려 위안을 주는 것들이다. 구겨진 지폐에는 애써 펴지 않아도 충분히 흐뭇한 인정이 있다. 빨간 잡지에 숨었던 아찔한 호기심을 기억하는 순간 쇠락해 가는 몸과 마음에 생기가 돋는다. 사례금 만 원에 담긴 진정성에 고개를 끄덕인다. 요한 형님의 가난이 얼마나 견고한 것이었는지를 이제는 인정할 수 있다. 공주할매에게는 귀한 아들 금동이보다 더 귀한 은동이가 있었음을 안다. 달원 씨의 종소리처럼 어김없는 약속이 주는 믿음과 염광 씨의 약속어음처럼 지독하고 일방적인 지지에 지지를 보낸다. 비로소 주름살로 도색한 죽음의 이정표가 생기고 그것은 또 하나의 방향이 될 것을 안다.

작가는 이러한 모든 것들을 토해내기까지 너무 오래 고

독을 방치했던 h처럼 몸을 상하였을지 모른다. 그러나 비로소 구겨진 '나'를 꺼내보며 쓸데없이 바쁘다는 이유로 들어주지 못했던 종진 형의 노래를 그리워하는 시간을 만날 수 있었으리라.

조재형 시인이 주는 첫인상은 깔끔하고 모던한 편이다. 작가가 말한 칼날 같은 눈빛을 장전하고 버버리코트 속에 정갈한 무늬의 와이셔츠와 어울리는 베스트를 갖추어 입은 모습은 차도남의 이미지에 가깝다. 그런데 그가 빼든 칼날은 서늘하지만 길지 않아 위협적이지 않다. 예민하던 눈빛이 살짝 풀어질 때 그는 한없이 넓어 보인다. 아마도 빈집을 말없이 짓는 순간이었을지 모른다.

요즘 불고 있는 레트로와 어게인 열풍들을 바라보면서 나이를 먹을수록 과거가 더 좋았다고 생각하는 경향이 있다는 일본 작가 다니자키 준이치로의 말을 떠올린다. 그런데 지나간 것에 애틋한 느낌을 갖는 건 나이를 초월한 우리 인간의 영원한 속성의 하나가 아닐까.

사라진 줄도 모르게 사라진 것들로 채운 집 한 채를 짓고 싶을 때가 있다. 그 많던 언니들과 햇살처럼 쏠려 다니던 친구들이 궁금할 때가 있다. 턱없이 부족했지만 사실은 그득했고 시리고 추웠지만 어쩌면 가장 따뜻했던, 그곳이 있었음을 기억하며 다시 그때로 돌아가 묻어둔 그리움의 뺨을 쓸어내리고 싶을 때가 있다.

복고만큼 품격 있는 그리움의 반추가 또 있을까.

먼나무가 있는 풍경

가까운 곳에 있어도 먼 나무
먼나무라는 이름의 나무가 있다
먼 나무의 나뭇잎 속으로
오방색으로 일렁이고
흩어지는 저녁 잔광
먼나무 속으로 들어가서는
다시는 되돌아 나오지 못하는 새들처럼
먼 나무를 오래 그리워하면
눈이 먼 나무가 될 것 같아
나는 당신이라는 먼나무 곁으로 가지 못했다
번석류의 붉은 열매와도 같이
적막한 생
살아서는 아직 한 번도
그 꽃을 보지 못한
당신이라는 새의 옛날 옛적

—김명리, 「먼 나무」 전문

먼나무라는 이름의 나무가 있다. 그 나무는 가까운 곳에 있어도 먼 나무라서, 아무리 가까이 다가가도 먼 나무다. 먼 나무는 그래서 거리의 경계가 사라진, 먼 나무가 되었다.

경계가 사라진 먼나무를 바라보며 시의 화자는 어쩌면 끝내 벗을 수 없는 '거리'라는 또 다른 경계를 마주한다. 다가가면 다가갈수록 멀어지는, 그래서 '눈이 멀 수도 있는 거리'라는 경계에 서 있는 것이다.

우리는 매일매일 무수한 경계들을 만나고 지우고 또 만난다. 하나의 경계를 지우고 나면 또 다른 경계들을 만난다. 날이면 날마다 찾아오는 무수한 경계들을 어떻게 바라볼 것인가.

화자는 먼나무 속으로 들어가 다시 되돌아 나오지 못하는 새들처럼, 먼나무 속으로 들어가 먼나무인 당신이 되고 싶다. 그러나 새들처럼 먼나무 속으로 들어가거나 당신인 먼나무와 하나가 되어버리는 순간 눈이 멀게 됨을 경계한다. 그는 경계를 다 지우고 아무것도 바라볼 수 없게 되는 것보다는 바라볼 수 있는 만큼의 '거리'를 지키기로 한다.

하나의 경계를 지우기 위해서는 그 경계를 아예 외면하거나 완전히 넘어서야 할 때도 있지만 스스로 그 경계 속으로 걸어 들어가 경계와 하나가 되어야 하는 때도 있다.

그러나 그는 그와 그리운 것들과의 사이에 바라보고 기다릴 수 있는 적절한 '거리'를 마련하기로 한다. 그 '거리'는 눈멀지 않는 거리이며, 되돌아 나오지 않는 새를 기다릴 수 있으며, 새의 옛날 옛적인 당신을 오래 그리워할 수 있는 거리다. 살아서 한 번도 보지 못한 적막한 생의 꽃들이 피기를 기다릴 수도 있는 거리이기도 하다. 시적 화자는 딱 '그럴 수 있는 만큼의 거리'의 경계를 지키기로 한 것 같다.

멀고 가까움의 물리적인 경계를 벗어버린 먼나무 앞에서 끝내 눈멀지 않고 대상을 바라볼 수 있는 '적절한 거리'를 생각해 본다. 그 거리가 오래 눈 뜰 수 있는 거리가 될 것인가 생각해 본다.

'먼나무'를 읽으며 서영은의 '먼 그대' 속 낙타가 떠올랐다. 삶이 힘들 때마다 고통과 시련에 굴하지 않고 갈빛 갈기를 펄럭이며 묵묵히 사막의 모래바람 속으로 걸어가는 주인공 문자의 낙타. 삶이 힘들 때마다 문자는 어떤 시련도 회피하지 않고 삶의 고통 속으로 걸어 들어가는, 세찬 바람 속에서도 꺾이지 않고 펄럭이는 갈기를 세우는 낙타를 늘 그리워한다. 눈앞을 막아서는 경계를 헤치며 경계 속으로 들어가는 낙타처럼 그녀에게 경계는 없다. 경계가 사라진 그녀와 낙타는 어떤 경계도 경계로 보지 않는 눈먼 존재인지도 모른다.

한때 나는 그 어떤 경계에도 굴하지 않고 펄럭이는 갈기를 세운 그녀의 낙타를 열망한 적이 있었다. 눈이 멀어도 사막을 건너갈 수 있는 문자의 낙타. 경계를 초월한 존재인가, 아니면 바라볼 수 있는 경계를 바라볼 수 없게 된 눈먼 존재인가. 문득 먼 사막을 걸어와 다시 적막한 생의 먼 나무 앞에 다다랐을, 문자의 낙타가 궁금해진다.

얼마 전 남도를 다녀왔다. 눈이 멀 것 같은 눈부신 숲길을 걸어 고즈넉한 절집 마당에 이르는 동안 콩알만 한 열매가 촘촘하게 열린 먼나무를 만났다. 동글동글하고 푸르른 잎 사이마다 꽃보다 아름다운 열매를 달고 있는 큰 키의 나무.

나무의 이름을 기억하는 것과 거리가 아주 먼 내가 이름을 불러줄 수 있는 몇 안 되는 나무, 먼나무다.

언젠가 가까이 두고 바라보고 싶은 먼나무는 당분간 내 몫이 아닌 먼 나무다.

먼 나무인 먼나무를 그리워하는 동안 먼나무는 내게 가장 가까운 나무다.

얼룩, 소통의 무늬

가족들은 뷔페를 먹고
비워진 접시들은 대화를 한다
음식 찌꺼기와 얼룩들로 보내는
접시와 접시 사이의 친밀한 신호들
그 사이 가족들은 서로의
위치를 확인한다. 그것은 말로 하는 가장
기본적인 일. 똑같은 모양의 접시들은
가족보다 더 가족 같아서
뷔페의 직원들은 가족들이 불편하지 않도록
빈 접시들을 치워간다
접시들은 서로의 얼룩을 껴안으며
포개진다. 가족들은 각각
테이블에서 일어나
새로운 접시를 찾아 들고
자리에 앉아 담아온 음식을 먹는다

오랜만에 만나는 가족들은
점점 빨리 접시를 비우고
서로의 눈에서 서로를 비운다
뷔페의 다양한 음식을 찾는 가족들은

—김학중, 「가족들은 뷔페를 먹는다」 전문

흔적이다, 얼룩은
진부한 생각이지만 무에서 유가 된 존재다.
얼룩이 얼룩을 마주보고
얼룩이 얼룩의 냄새를 맡고
얼룩이 얼룩을 껴안는 모습에서
시인은 드러나지 않거나, 또는 드러낼 수 없었던 소통의 무늬를 본다.
얼룩에 대한 새로운 접근이다.

시를 읽으며 마이클 폴란의 「잡식동물의 딜레마」가 떠올랐다. 잡식동물인 인간의 식문화와 삶의 방식에 대해서 진지하게 질문을 던지는 폴란처럼 시인은 피할 수 없는, 잡식동물의 또 다른 딜레마를 던진다.

시의 공간적 배경이 되는 뷔페식당은 폴란이 예로 들었던 거대한 슈퍼마켓처럼 또 다른 딜레마를 불러오는 공간이다.

지나칠 만큼 풍부한 먹을거리 앞에서 가족들은 무엇을 어떻게 먹을 것인가에 대하여 생각할 뿐이다. 그들은 그곳에서 '잡식동물로서의 인간이 갖는 딜레마'에 몰두한다. 각자의 입맛에 따라 다양한 음식을 각자의 접시에 담고 각자의 자리에 앉아 각자의 미각에 심취하는 가족들에게 뷔페식당은 그들이 빠르게 비워버리는 접시들처럼 서로의 눈에서 서로를 비우는 공간이 된다.

식사를 하는 동안 가족들은 존재하고 있지만 서로 다른 공간에 따로 갇힌 채 각자의 시간 속에 있다. 그런 가족들의 모습을 바라보는 시인은 '소통의 부재'라는 딜레마와 마주한다.

시인에게 뷔페식당은 소통과 불통이라는 또 다른 변종의 딜레마가 탄생하는 공간이다. 인간에게 가장 원초적 본능일 수 있는 식욕의 딜레마와 그 딜레마를 해결할 수 있는 적절한 대안에 대한 또 다른 딜레마와 마주하는 공간인 것이다.

딜레마들은 묘하게 얽힌 것 같지만 서로가 물고 물리는 하나의 일직선상에 놓여있는 것 같다. 줄긋기가 다소 모호하지만 나는 이 시를 읽으며 폴란과 시인이 갖는 딜레마의 근원이 서로 통하는 것이라고 생각한다. 시인은 딜레마를 빠져나올 수 있는 출구를 열심히 찾지만 찾을 수 있을지는 확신하기 어렵다.

프랑스의 역사학자인 플로랑 켈리에는 그의 저서 『제7대 죄악, 탐식』에서 인간의 원초적 본능인 식욕의 흐름에 대해 이야기하고 있다. 켈리에는 16~18세기를 중심으로 미식가 또는 식도락의 문화를 거론하면서 현대사회에 들어 탐식의 죄가 부활했다고 말한다. 그는 교양이 있는 식도락가이건 저속한 대식가이건 탐식을 합법적인 즐거움으로 만드는 것은 화기애애한 분위기와 교류의 대화라고 한다. 아마도 시인이 뷔페식당의 가족들에게서 찾고 싶었던 것도 켈리에가 말한 서로의 소통이 가져오는 '합법적인 즐거움'이 아니었을까.

가족들이 음식이라는 딜레마를 앞에 두고 있는 뷔페식당에서 소통이라는 또 다른 딜레마에 빠져 있던 시인은 뷔페 접시들을 주목한다. 다양한 미각을 추구하는 사람들이 각각의 먹을거리를 선택하고 담는 접시가 아이러니하게도 획일화된 모습을 하고 있다는 사실이 시인에게는 오히려 새롭게 보인다. 시인은 이런 똑같은 모양의 그릇들을 단순히 바라보지 않는다. 포개져 있는 그릇들에게서 끈끈하게 엮인 동질감을 느낀다. 똑같은 모양으로 비어 있는 빈 접시들이 한결같이 '얼룩'이라는 서로의 공통 분모를 가지고 있기 때문이다. 그 얼룩들은 그릇들이 서로에게 보내는 친밀한 신호 같다. 서로 포개지고 껴안고 있는 '얼룩들은 가족보다 더 화기애애하고 합법적인 즐거움'을 나누고 있는 것이다.

딜레마를 빠져나온 뷔페 접시에 남겨진 얼룩들. 불통의 흔적이었지만 그 불통의 흔적들은 딜레마를 탈출함으로써 결국 아름다운 소통의 무늿결을 이루게 된다. 그러니 시인에게 접시의 얼룩은 단순히 흔적이 아니다. 소통이 그려낸 즐겁고 유쾌한 무늬로 다가오는 것이다.

세상에서 가장 아름답고 따뜻하고 유쾌한 무늬가 있다면, 과연 뷔페식당에 포개진 빈 그릇들에 남겨져 있는 얼룩 같은 것일까. 시를 읽고 잠시 생각해 본다. 어쩌면 그럴 것도 같다.

시인의 눈과 가슴은 일상의 사소한 풍경 속에서 특별한 무늬의 결을 발견하는 고도의 센서를 지니고 있는가 보다. 그의 눈과 가슴이 찾아낸 소통의 무늬가 서로의 눈에서 서로를 비워가는 우리들을 돌아보게 한다.

오늘도 어느 뷔페식당에서는 소외된 얼룩들이 포개지고 껴안은 채로 사방연속무늬거나 다마스커스 문양이거나 꽃무늬거나 잔잔한 물결무늬거나 아무 상관없이 서로가 서로를 알아보고 다정하게 인사를 나누고 서로의 안부를 묻고 있을지 모른다.

그런데 나는 그런 얼룩들의 식욕이 무척 궁금하다.

산수유 그늘 아래

성급한 봄꽃들은 화르르 피었다가 또 그만큼 황급히 져 버린다.

꽃부터 먼저 피워 올리는 봄꽃들은 아우성을 치듯이 경쟁적으로 존재감을 드러내거나, 일찍 져버림으로써 아쉬움을 남기며 상대적인 존재감을 확인시키는 고약한 것이 많은 것 같다.

산수유는 진달래보다도, 개나리보다도 더 성질이 급하다. 겨울이 슬그머니 꼬리를 감추는 순간을 기다렸다는 듯, 오래 참고 있던 비밀을 한꺼번에 다 쏟아내고 말겠다는 듯 노랗게 제 속을 다 드러내는 꽃이거니 했다.

무엇보다 산수유가 그리 궁금하지 않은 이유는 다른 색깔들을 인정할 수 없다는 듯 세상을 온통 노랗게 물들이고 마는 소란스러운 고집과 불통 때문이기도 하다. 산수유 꽃그늘 아래 놓인 세상은 제 고유의 색깔을 감추게 된다. 사람도 집도 강도 산도 노란 산수유 그늘 아래에 서면 모두 노랗게 웃고 있어야 할 것 같다. 그런 강요된 일체감 때문에 많은 이들이 산수유를 즐기고 사랑하는 것이겠지만, 산수유가 만든 노란 세상은 순간의 연출 같다.

한 해 겨울에 지리산을 두루 돌아온 적이 있었다. 그때 우연히 피아골에 있는 연곡사에 들른 적이 있었는데, 연곡사 대적광전 앞에 서 있던 커다란 두 그루의 나무가 산수유나무라고 해서 놀란 적이 있었다. 생각지도 않게 연곡사에서 산수유나무를 보게 될 줄은 몰랐었다. 법당을 지키고 서 있던 고즈넉한 그 나무가 내가 처음으로 마주한 산수유나무였던 셈이다.

노랗게 고집만 피우고 있으리라 생각하던 나무는 너무도 조용히 법당을 지키고 서 있었다. 겨울로 접어드는 나무에는 알알이 빨간 열매가 익어가고 있었다. 마치 고운 연등을 켠 듯 아름다웠다. 수십 개의 연등을 켠 나무는 전혀 눈부시지 않았다. 묵언 정진 중인 돌부처 같았다. 잠시 법당 문을 열고 세상을 내다보는 비로자나 부처님의 자비로운 눈길 같기도 했다. 적어도 그날의 산수유나무는 세상을 제 색깔로

물들이려 하지도 않고, 스스로 어느 것에도 물들지 않는 고요한 모습을 하고 있었다

김종길 시인의 시 「산수유」를 읽는다. 아는 만큼 보이듯 본 만큼 아는 것인가 보다. 시인의 시를 읽는 내내 어느 해 겨울 연곡사의 대적광전 앞에 서 있던 산수유나무가 떠오른다.

시인의 시 속에 서 있는 산수유나무는 연곡사의 산수유나무와는 달리 여기저기 단풍이 들기 시작하는 가을인데도 여전히 푸르다. 그런데도 연곡사의 산수유나 시인의 산수유가 서로 닮았다는 생각이 든 것은 붉고 푸름을 떠나 저만의 색깔로 묵묵히 자리를 지키고 서 있을 뿐, 쉬이 세상에 물들지도 않고, 억지로 세상을 물들이려고도 하지 않는 모습 때문이다.

그리고 산수유를 바라보고 있는 시인 또한 그러하다. 푸르고 무성한 잎을 단 산수유를 그저 푸르고 무성한 그대로 인정하고 바라볼 줄 안다.

시인과 산수유 사이에는 서로의 감정을 조율하고 절제하는 보이지 않는 적절한 거리가 존재하고 있는 것 같다. 거기에는 연곡사의 산수유나무처럼 어떤 불필요한 감정들이 끼어들 여지가 없다. 빨간 열매를 달고 있든, 무성하게 푸른 잎만을 달고 있든 절제하는 아름다운 거리를 가진 두 나무는

그래서 서로 닮았다

시인의 다른 시 「성탄제」에도 산수유가 나온다. 나는 「성탄제」를 읽으며 문학이 얼마나 훌륭한 치유가 될 수 있는 것인지를 생각한 적이 있다. 시인은 열병을 앓던 유년 시절 아버지가 주었던 아낌없는 사랑을 빨간 산수유 열매를 통해 감각적으로 드러내고 있다. 그리고 다시 서른 즈음의 아버지가 된 시인은 빨간 산수유 열매 같은 아버지의 사랑을 떠올리며 각박한 도시의 서늘함을 위로받는다. 치유의 기억을 통해 치유를 시도하는 것이다.

어느덧 지긋이 나이 들어가는 시인의 가까이에 산수유나무가 자라고 있다. 뜰 한구석에서 아무것에도 물들지 않는 푸른 잎을 무성히 달고 산수유나무는 시인을 바라보고 서 있다. 억지로 세상을 물들이려 하지도 않고, 어느 것에도 쉬이 물들지 않는 산수유를 시인은 있는 그대로 받아들이는 것이다.

그러나 어쩌면 시인은 삶을 치유할 수 있는 빨간 산수유 열매를 기다리고 있는지 모른다. 그 기다림은 절대로 조급하지는 않다. 아마도 곧 서늘한 눈이 내릴 것도, 그래서 빨갛게 산수유 열매가 열릴 것도, 잘 알고 있기 때문이리라.

시인과 시인의 산수유는 서로 닮았다.
절대 조급해하지 않는다. 그저 바라볼 뿐이다. 그리고 묵묵히 기다린다.

시인과, 시인의 산수유와, 연곡사 법당을 밝히던 산수유는 모두 닮았다
의젓하다. 고집스럽지 않다. 그리고 대상과 적절한 거리를 지킬 줄 아는 절제의 품격을 지니고 있다.

조만간 사라질 유한한 것들이 얼마나 아름다운지를 알고 있는 삶이란 건강한 삶이다. 서로에게 짐 지울 어떤 것도 존재하지 않는, 그야말로 초경량의 삶이다.

하루하루의 무게를 가늠해 본다.
무거웠고 무겁고 무거울 것 같은 나의 하루하루는 다이어트가 절실하다.

예술과 표현과 자유와 바퀴벌레

얼마 전 작고한 구보타 시게코는 행복한 예술가였다. 세상이 그녀를 알아보지 못할 때 그녀를 알아본 한 사람이 있었다는 것, 눈 밝은 그 사람이 다행히 백남준이라는 뛰어난 예술가였다는 것, 그것은 구보타 시게코가 누구보다 자유롭고 행복한 예술가로 살 수 있게 한 가장 큰 힘이 되어 준 것이라고 생각한다.

허난설헌은 유교적 사상과 가치관에 희생된 천재적인 예술가였다. 당시의 세상은 그녀를 온전히 알아보지 못하였다. 그는 여자로 태어난 것과 조선에서 태어난 것과 그리고 김성립의 아내가 된 것을 세 가지 한이라고 말하였다.

예술이 그 시대의 가치관과 규범에 어긋나 예술로서의 가치를 인정받지 못하고 무조건 배척받던 일은 동서고금을 막론하고 무수히 많다. 그리고 더 안타까운 사실은 후대에 이르러서야 그 진가를 알게 되는 경우가 대부분이라는 것이다.

얼마 전 어떤 소녀가 동시집을 펴낸 일이 있다. 어린 나이에 벌써 시를 쓰고 시집을 발간한 것도 대단한 화젯거리였지만 시집에 수록된 시 중에 일부분이 물의를 일으킨 적이 있다. 시의 표현이 지나치게 섬뜩하고 잔혹하다는 여론이 지배적이어서 결국 어렵게 출간했을 아이의 시집은 세상과 제대로 만나지 못하고 말았다. 그러나 아이의 솔직한 속내를 아이답지 않은 비범한 감각으로 표현했다는 의견도 만만찮았던 걸 기억한다.

교직에 있을 때 아이들에게 좋아하는 것에 대하여 열거법을 활용하여 산문을 쓰게 한 적이 있다. 적절한 수사법을 활용하여 사물을 속성을 발견하는 시간을 가질 의도였다. 생각 외로 아이들은 재미있는 자신의 생각들을 잘 확장시켜 나갔다. 요즘처럼 지나친 학원 교육으로 시달림을 받지 않던 시절이라 아이들의 생각과 표현은 여유가 있었고 밝고 경쾌했다. 그 무렵 수업 시간에 의도적으로 보일 정도로 엉뚱하게 구는 아이 하나가 손을 번쩍 들며 제가 쓴 작문을 읽는다고 자원했다.

그 아이의 산문은 대뜸 첫 문장이 '나는 바퀴벌레를 사랑한다'로 시작하는 것이 아닌가. 일반적으로 바퀴벌레는 단순한 혐오 이상의 존재다. 무더운 여름밤 열어둔 창으로 후드득 날아들던 바퀴벌레는 무시무시한 괴물보다 징그러워 대부분의 사람들이 피해 다니는 벌레였다. 그런 바퀴벌레를 남다른 관심과 애정의 대상으로 보는 아이를 선뜻 이해하기는 쉽지 않았다. 첫 문장은 계속해서 생각하지 못한 상상력을 동원한 것이거나 아주 특이한 표현으로 이어졌다.

번들거리는 바퀴벌레의 등껍질을 두고 '그가 입은 반질반질하고 윤이 나는 갑옷, 어디서도 본 적 없는 고급스러운 다크 브라운의 색깔'이라고 표현했다. '조용하고 신중하게 움직이는 발걸음은 용의주도하여 듬직하다.' '정확하고 신속하게 움직이는 가늘고 긴 다리들의 민첩함은 누구도 흉내 낼 수 없는 그만의 장기이다.' '조금도 흐트러지지 않고 긴 포물선을 그리며 떨어지는 더듬이의 곡선은 아름답고 우아하다'. 오랜 전 기억이라 내 기억 속에 남아있는 문장의 표현들은 다소 왜곡된 것일 수는 있지만 차마 드러내기 힘든 당황스럽고 섬뜩했던 느낌은 지금도 생생하다.

나는 왜 아직도 그 아이의 글을 잊지 않고 기억하고 있는가. 어쩌면 나는 눈먼 청맹과니처럼 그 아이가 지녔던 자유로운 표현력과 문학적 재능을 눈여겨보지 못한 눈먼 선생이었을지도 모른다는 자책을 덜지 못한 때문일까.

이제야 그때의 어린 제자가 남다른 표현력을 가졌음에도 편견 없이 바라보지 못한 선생이었음을 인정한다. 비록 그 표현이 비범한 재능이었든 아니든 먼저 아이가 지닌 그만의 개성을 존중했어야 했음을 반성한다.

최근에 바퀴벌레들은 리더와 추종자가 있는 사회를 구성하지 않는다는 글을 읽은 적이 있다. 바퀴벌레들은 각자 다른 위치에서 다른 성격을 가지면서도 하나의 사회를 만들어 나간다고 한다. 생각 못 한 바퀴벌레의 숨은 기질에 적잖이 놀랐다.

바퀴벌레가 서로의 독립성을 인정하는 사회를 이룰 줄 아는 생명체라 하더라도 바퀴벌레는 여전히 혐오스럽다. 그러나 가장 피하고 싶고 징그럽고 더러운 바퀴벌레 같은 미물에게도 뜻밖의 반전 같은 사실이 숨어있다는 것은 놀랍고 새롭다.

예술과 표현과 자유와 바퀴벌레라는, 어떤 연결고리로도 연결할 수 없는, 도무지 어울리지 않는 조합으로 글을 쓰고 있는 나도 어쩌면 사람들에게 이해받기 어려운 대상으로 보일는지 모른다.

문제가 되었던 어린 소녀의 시를 다시 읽어본다. 아직도 우리에겐 세상을 두루두루 바라보고 각각의 개별성을 인정하는 눈이 부족하다는 걸 느낀다.

적어도 문학을 사랑하는 사람들이라면 좀 더 크게 눈을 뜨고 보이지 않는 그 너머를 바라볼 일이다. 보이지 않는 것이 보이는 것보다 훨씬 멀리 있지는 않다.

'만약 그런 완벽한 봄날이 있다면'

「운수 좋은 날」의 김첨지나 영화 〈이보다 더 좋을 순 없다〉의 멜빈처럼 내게도 일종의 '행복'에 대한 강박장애가 있는 것일까. 더 좋을 수 없을 만큼 좋을 때, 문득 스멀스멀 등을 기어오르는 컴컴한 낌새에 온몸이 서늘해질 때가 있다.

기쁨이 클수록 후폭풍처럼 뒤따라올지 모르는 불확실한 불운을 걱정하느라 불안하고, 그래서 모처럼 찾아온 행운을 외면하고, 불필요한 상심에 빠지기도 한다. 상심은 다시 어리석은 불안과 근거 없는 두려움을 가져와 완벽한 행복에 이르는 길의 훼방꾼이 된다.

불안이 파놓은 상심의 함정에 발을 헛딛고 더 깊은 불안에 빠지길 반복하는 것이 극한의 조심스러움이 몸에 밴 엄마의 내림 탓일까 생각한 적이 있다. 엄마는 누구보다 나를 사랑했지만 누구보다 많은 금기로 나를 옥죄기도 했다. 맏며느리로서 힘들게 집안일을 떠맡았던 엄마에게 지극한 금기는 금기가 아니었지만 내게는 조신함이 아닌 조바심에 가까운 불안의 기제가 되었는지 모른다. 생각해 보면 내 상심의 일정 부분은 '금기'가 던진 예측 불가와 '예측 불가'에 내걸린 금기에 닿아 있는 것 같다.

아버지의 느닷없는 죽음과 맞닥뜨린 것은 봄꽃이 한창이던 봄이었다. 사랑하는 사람과의 이별처럼 예측 불가의 금기가 있을까. 화창함의 뒤끝에 묻은 독극물 같은 금기로 시작된 그해 봄날은 오랫동안 예측 불가의 잔인한 시간이 되었다. 유난스레 그 봄에는 비가 잦았다.

꼭 끼는 옷 한 벌 맞추어 입고
웅크린 등 펴고 누울 집 한 채 겨우 지었다

붉은 만장처럼 흔들리는 이름표가 내걸린 새 대문은
사방이 어긋나지 않은 반닫이처럼 정직했다.

하얀 대낮에 꾼 믿을 수 없는 꿈처럼
낯선 시간들이 바쁘게 집들이를 다녀가고

종일 축축하게 봄비가 내렸다

—한보경, 「아버지의 집」 부분

아버지의 이름 석 자를 낯설게 걸어둔 나무집. 너무 반듯하고 정직해서 군더더기 하나 없는 집. 그 안에 처음으로 웅크린 등을 펴고 누워 있을 아버지. 옹이 박인 이름 하나 얻느라 당신의 모든 이름들을 아낌없이 내놓았을 아버지가 마지막으로 마련한 고단한 집. 흐드러지게 피는 꽃들조차 내게는 부끄러운 금기였던 그해 봄은 유난히 비가 잦았다. 나는 비에 젖어 무너질 아버지의 집이 걱정되었다. 너무 반듯하고 정직해서 답답했던 아버지의 집이 비에 지워질까 상심했다. 예측할 수 없는 금기를 앞세운 그 봄날은 완벽하게 불행했다.

그날처럼 바람이 불어온다면
귀찮다 하지 않을 거야
바람이 흔드는 대로 함께 흔들려 볼 거야
그날 그 자리로 다시 돌아갈 수 있다면
낡은 소파 얼룩진 자리에 누워 아무것도 걱정하지 않을 거야
고양이처럼 게으르게 한나절을 보낼 수 있을 거야
낮은 소리로 코를 골며
사지가 흐트러진 낮잠에 빠져들 거야

꿈꾼 듯 깨어나
여전히 내 곁을 지키던 하찮은 저녁과 처음처럼 수줍게
눈빛을 맞출 거야

—한보경, 「상심」 부분

예측할 수 없는 것들이 나를 구속하던 시간을 견디며 나름의 면역이 생겨난 것인지 예측 불가와 금기 앞에서 점점 무덤덤해지고 있다.

팬데믹 세상이 지나간 후 모든 예측가능들마저 예측 밖의 불가능한 예측이 되어가는 세상이다. 모든 것은 정해진 순서대로 일어나지 않는 세상이 되었고 예측불가의 세상을 예측한다는 것 자체가 무의미해지고 있다. 따라서 무수한 금기들도 변이를 거듭하는 코로나 바이러스처럼 더는 불필요한 상심과 불안을 불러오지 않는다. 불안과 상심은 변수가 아닌 항수가 되어 애써 외면하지 않아도 무심히 내 곁에 서 있다. 보이지 않는 공기처럼 그저 떠 있을 뿐이다.

'시를 쓰는 것은 불안을 자르는 것이 아니고 불안의 색깔을 바꾸고 불안의 정체성을 바꾸고 불안의 존재마저 의심하게 되는 것이다.'라는 글을 읽는다. 시와 불안의 아름다운 협조, 아무리 도망가려 했지만 벗어날 수 없던 '불안에 대한 불안'을 다시 돌아보게 한다. 어쩌면 지난 불안과 상심은 시를 만나게 해준 고마운 인연일 수도 있겠다.

만약 그런 완벽한 봄날이 있다면,
때때로 불어오는 따뜻한 바람에 마음이 들떠,

집안 모든 창문을 열어젖히고,

카나리아 새장의 빗장을 열게 하는
아니, 아예 새장의 작은 문을 뜯어내게 하는

벽돌 깔린 서늘한 길과
작약꽃이 만발한 정원이

(…중략…)

그리하여 그 속의 눈 덮인 오두막집에 사는
사람들을 자유롭게 하여,

그들이 서로 손잡고, 눈 부신 햇살에 눈을 찌푸린 채,
이 거대한 푸르고 하얀 둥근 지붕 속으로 걸어 나오는,

그런 날이 있다면
아, 오늘이 바로

—빌리 콜린스, 「오늘」 부분

지난봄과의 묵은 불화를 떠올리며 빌리 콜린스의 시를 읽는다. 그의 시 「오늘」에는 봄의 소소한 정경과 일상들이 시인에게 주는 행복으로 그득하다. 따뜻한 바람과, 새장 속의 새와, 벽돌 깔린 길과, 작약꽃이 만발한 정원과, 눈 부신 햇살처럼, 소박하고 평범한 일상의 모든 것에서 시인은 봄날이 주는 완벽한 행복을 느낀다. 시인은 '예측불가의 불안과 상심'의 손도 기꺼이 잡고 함께 눈 부신 햇살 속으로 걸어 나올 수 있을 듯하다. 시인에게 '오늘'은 바로 그런 날이다.

아무것도 예측하지 않고 보내는 오늘이 있다면. 그래서 빈 화분의 먼지를 털고 묘목을 심고 심은 일조차 무심히 잊을 수 있다면. 가뭄이 길게 이어져도 봄비를 기다리며 애태우지 않는다면. 그러다 어느 아침 문득 새잎이 돋고 한 송이 꽃이 피어 준다면. 그런 날이 바로 오늘이면. 애써 외면했던 봄의 지난 금기들과 완벽하게 화해할 수 있을까. 시인의 시를 따라 써 본다.

'만약 그런 완벽한 봄날이 있다면'.

서둘러 핀 꽃들이 이내 지고 있다. 마당 한켠을 밝히던 자두꽃과 모과꽃이 지고, 아직 피지 않은 설구화도 어느새 지고 말 것이다.

피고 지는 것 모든 것은 찰나보다 짧다. 숨 막히게 짧은 그 사이, 부질없는 예측과 금기가 끼어들 틈은 없다.

새라고 부르기

선생님은 시는 늘 새로워야 한다고 했다. 새롭던 이전의 시들이 더 새로운 다음의 시로 끊임없이 이어지던 유병근 선생님의 시들… 마지막까지 시적 도전을 멈추지 않았던 드문 시인이었지만 한 번도 남에게 자신의 잣대를 고집하거나 밀어붙이는 걸 본 적이 없다. 내게도 응원과 지지를 아끼지 않던 따뜻한 분이었다.

선생님의 부고를 받고 가장 먼저 든 생각이 '아, 이제 진심으로 내 시를 읽어주고 따뜻한 말씀을 건네 줄 이가 없겠구나' 하는 쓸쓸함이었다. 그리고 겨우 한 발짝 다가선 '시적 도전'과의 거리도 점점 멀어질지 모른다는 걱정이 슬픔보다 앞섰음을 고백한다.

누구보다 열정적이고 예사롭지 않은 시작으로 보낸 일생이었지만 누구보다 고요한 삶을 살았던 선생님. 지금도 어디선가 시에 몰두하고 있을 것 같아 선생님의 부재를 깜빡

잊기도 한다.

2010년 시집 까치똥에 실린 「가을 햇볕」은 선생님의 시 중에서 너무 아리송해서 마음을 끈다. 선생님의 시적 정체성이 저것인가 했는데 문득 이것이었던가 생각하게 만든다. 선생님 시들은 거의 다른 목소리와 이목구비를 하고 있지만 선생님만이 지닌 일관된 DNA가 흐르고 있다고 생각한다. 그런데 「가을 햇볕」에는 새로운 변이종처럼 낯선 DNA의 분위기를 느낀다.

저 새파란 사금파리에 찔리고 싶은

피 흘리며 둥글게 등 말리고 싶은

휘청거리는 길 끝에서 갓길 낭떠러지로

머리채 곤두박질치고 싶은

찔리고 거북한 상처

과일 익는 바람으로 문지르고 싶은

삼만 삼천 평 개펄멍석에 돌돌 말아

제일 깊은 질척거림으로 뒹굴고 싶은

사랑아!

—유병근, 「가을 햇볕」 전문

가을 햇볕을 궁글리듯 시를 읽는다. 「가을 햇볕」은 비교적 어렵지 않고 익숙해서 두런두런한 기쁨을 준다. 꾹 눌러 숨겨두었다가 소리 없는 절정에 이르러 기어이 터뜨리고 만 고백 같다. 나는 그것을 몰래 엿듣는 것 같다. 선생님 시에서 이렇게 아름답고 조용한 격정의 토로를 만난 적이 있을까. 낯선 이물감이 조곤조곤 목에 걸린다.

내가 이러이러하다고 여기는, 제법 알고 있다고 생각하는 이에게서 한 번도 보지 못하고 느끼지 못한 의외의 모습과 생각을 들었을 때처럼 갑작스러운 당혹감은 무엇일까. 살짝 분하고 억울한 감정 같기도 하다. 그러나 이러한 모든 생각과 느낌을 뭉뚱그리면 이 또한 새로움이라는 결론에 이른다.

어쩌다 주어진 한갓진 시간에 툭 털어낸 속마음이, 모래

더미 속에 숨겨둔 사금파리처럼 파르스름한 농담이, 긴 생에서 단 한 번 있을까 말까한 순간이, 예상하지 못한 뜻밖의 고백으로 터진 것이다.

은근하지만 화끈하고 단순하지만 얼키설키 얽힌, 고백의 흐름을 따라가는 것이 쉬운 듯 어렵다. 짧고 파격적인 농담 같지만, 몰래 숨겨두었다 끝내 참지 못하고 꺼내 보인 수줍은 작심이다.

안타깝게도 이렇게 아름다운 시를 너무 늦게 알았다. 선생님 생전에 접했더라면 마음 놓고 어깨동무라도 청했을 것이다. 마시지 못하는 술잔 대신 뜨거운 국밥이라도 사 달라고 어울리지 않는 응석을 부렸을지도 모른다.

두 번째 시집을 낸 후 처음 맞는 가을이었다. 꿈속에서 돌아가신 선생님을 만났다.

선생님과 나는 생시인 듯 돼지국밥 식당에 마주 앉아 있다. 국밥 한 그릇이 나오는 동안 꿈속인 탓인지 이상하고 낯선 침묵의 시선들이 주위를 떠도는 듯하다. 뜨겁게 국밥은 끓고 있었고 서리서리 하얗게 피어오르는 김이 사위를 에워싸는 탓에 눈앞이 점점 뿌옇게 흐려진다. 모든 것은 몽롱하고 희미한 윤곽으로만 존재한다.

낯선 침묵을 깨고 선생님이 접어둔 시 한 편을 식탁 위에 펼쳐놓는다. 한 글자도 보이지 않는 백지 위의 시인데 그냥 좋다. 읽으려 하지만 잘 읽히지 않는다. 그런데 어느새 다 읽은 듯하다.

다 읽었다고 다시 시를 접으려는 순간 한 마리의 새처럼 시가 날아간다. 새는 뜨거운 국밥 속으로 빠진다. 국밥이 끓는다. 펄펄 시가 끓는다. 끓는 시간들은 하얗게 날아 어디론가 사라진다. 어디선가 스며든 가을 햇살이 시가 앉았던 자리를 차지한다. 눈 부신 햇살을 타고 사라진 시가 한 마리 새처럼 나를 돌아본다. 처음 보는 새다. 코끝이 까맣고 빨갛다.

꿈을 깬 후에도 한참 동안 꿈속인 듯 먹먹하게 앉아 있었다. 코끝이 까맣고 빨간 새. 시가 되어 날아간 새. 흉조인지 길조인지 알 수 없는 새. 코끝이 까맣고 빨간 새가 길조인지 흉조인지 상관없이 나는 그것을 '새라고 부르기'로 했다.

한 편의 시와 날아간 새를 연결할 단서가 까맣고 빨간 코끝일까, 처음 보는 낯섦일까. 분명한 것은 시도 새도 사라지고 보이지 않는 존재라는 것이다. 사라진 것 앞에서 맞닥뜨린 것은 허전함보다는 날아간 것이 앉았던 자리에 고인, 보이지 않는 두근거림이다.

까맣고 빨간 코끝을 가진 새 한 마리. 그 새는 코끝이 까맣고 빨갛지 않고 다른 빛깔의 새였어도 나는 그것을 새라고 불렀을 것이다.

여전히 나는 새로움과 상투성 사이의 '적절한 거리'를 끝내 찾아내지 못해 시를 던져두고 있다. 다시 집어 든다. 다시 더 멀리 던진다. 도돌이표처럼 늘 같은 자리에서 맴돌듯 되풀이하는 헛짓이다.

그래서 후회하고 자책하고 실망만 한다. 그러다 얼마 전에 문득 든 생각이 나를 자유롭게한다. 계속해서 맴돌기만 하는 나의 시작을 있는 그대로 사랑해야 한다는 생각이다. 그것이 길조인지 흉조인지 몰라도 그 또한 '새'라고 부르고 싶다.

코끝이 까맣고 빨갛거나, 혹은 생각지도 못할 휘황찬란한 빛깔이거나, 길조도 흉조도 아닌, 코끝이 까맣고 빨간 그 새를 누군가 내게 날려 보낸 어떤 시그널이라고 즐거운 착각에 빠져볼 것이다.

꿈속으로 깃든 그를 새라고 부르기는 미안했다
등 뒤에는 생시처럼 뜨겁게 국밥이 끓고
미안하다는 말은 일단 접어두고 뜨거운 국밥이나 한 그릇 하자고 했다
젖은 우산을 털듯
굽은 어깨에 야윈 살들을 구겨 넣고
침묵에 빠진 그를

새가 아닌 다른 말로 부르기가 적절하지 않아서
그런데도 가을은 미처 가지 않아서
지키지 못한 우리의 약속을 좀 더 유예하자고
겨드랑이에 접어둔 구겨진 시 한 편을 꺼내 펼쳤다
막 끓여낸 국밥이 작은 방을 뿌옇게 뭉개고
국밥 안으로 눈물 같은 시가 뚝뚝 떨어져서 나른하게 풀어졌다
후르륵 젖은 날개를 펴고 시가 날아갔다

날아가는 그것은 흉조였을까 길조였을까, 처음으로
새라고 불러보았다

다만 우리의 마음은 너무 젖어있어

코끝이 까맣고 빨간 새 한 마리가 가을을 건너려 할 때

코끝이 까맣고 빨간 그 새를 그냥 새라고 부를 수 있을까, 아득했다

—한보경, 「새라고 부르기」 전문

우리가 원하는 것은 끝일까 시작일까

어떤 시간으로 돌아가 다시 살 수 있다면 그리운 기억의 언저리쯤이 아닐까. 이유 없이 서성이고 설레고 가슴 졸이게 하던 그리움이 저장된 거기.

언니와 함께 노각무침에 고추장을 듬뿍 넣어 비벼 먹던 여름 저녁의 밥상, 드문드문 팥을 넣어 뜨겁게 찐 찐빵과 통째 베어 먹던 샛노란 참외 같은 그리움이 길들인 맛의 기억들.

빌려 온 엄희자의 순정 만화와,

문득 내다본 뒤뜰을 가득 메운 노란 은행 잎사귀,

시루떡과 강정을 쌓아둔 다락방에 몰래 숨어들 때의 아슬하고 행복했던 포만감,

야전용 전축에서 흘러나오던 대중가요를 들으며 누워있던 작은 골방,

뜻도 모르고 따라 부르던 칸초네 같았던 하루하루.

켜켜이 쌓인 나의 그리움들이다.

그리움으로 길들인 기억은 결코 잊히지 않는다. 그래서 끝낼 수 없는 시간이다.

한 다발의 그리움이 엮은 지난 시간들을 나는 기억하고 싶다.

한때 나는 그것을 사랑이라고 믿은 적이 있다.

이번 산문집 『사탕과 버찌』는 그리움이 길들인 나의 이야기들이다. 오래전에 한 일간지에 정기적으로 보낸 칼럼들이 시작의 우연한 단초가 되었다. 오래 묵힌 시작을 다시 꺼내 시작하는 일이 쉽지는 않았다. 털어내고 닦아도 여전히 남아 있는 찌든 흔적들을 누군가에게 들킬 것 같아 부끄러웠다.

그러함에도 나는 산문집을 엮기로 했다. 용기가 필요한 일이었는데 딸이 큰 힘을 보탰다. 바쁜 일상에도 틈틈이 내가 보낸 글을 읽고 예쁜 그림을 그려 내게 보냈다. 그리움을 반추하기에는 제법 어울리는 그림 같아서 슬며시 용기를 내었다. 딸과의 즐거운 협업, 그런대로 의미 있는 시간이었다. 몇 편 안 되는 그림이지만 책 속에서 적절한 자리를 잡고 제 몫을 충분히 해 주는 것 같아 무척 기쁘고 다행이다.

내가 원한 것은 시작이 아니었고 끝도 아니었다.

헛헛한 나의 시작에 그저 좋은 끝을 맺어주고 싶었다.

그래서 끝이 있는 시작을 원했고, 다시 시작을 위한 끝을 원하는 것이다.

우리가 원한 것은 무엇이었을까, 끝이었을까, 시작이었을까. 이제 그것은 더 이상 중요치 않다.

내일은 '간절한 그리움으로 길들인 새로움'을 생각하고 싶다. 그것을 사랑이라고 오래도록 믿고 싶다.

해 전에 심은 어린 남천나무가 제법 자랐다. 붉게 물든 잎이 꽃보다 곱다. 고운 것들은 피고 지는 순간이 찰나다. 어느새 시들어 빛을 잃어가는 잎들은 사르륵사르륵 지기 시작한다. 앙상하게 드러난 마른 가지에 스러짐과 반짝임 또한, 시작과 끝은 하나라는, 위로 같은 전언이 내걸렸다.

"각 순간과 마주해 우리는 언제나 마치 그것이 영원인 것처럼 여기고 나아가야 한다. 그리고 각 순간은 우리에게서 다시 덧없는 것이 되어버리기를 기다린다."는 모리스 블랑쇼의 글을 떠올린다.

현재를 영원처럼, 그러나 지나간 것들을 깨끗이 포맷시키고 다시 시작하고 싶은 저녁이다.

2024 초겨울 무루無漏에서, 한보경

〈사탕과 버찌〉